Paulo Coelho est l'un des auteurs vivants les plus lus au monde. Son œuvre, traduite dans plus de 73 langues et récompensée par de nombreux prix internationaux, a déjà dépassé les 135 millions d'exemplaires vendus dans 168 pays. Natif de Rio de Janeiro, Paulo Coelho siège à l'Académie brésilienne de littérature depuis 2002. Il est également chevalier de l'ordre national de la Légion d'honneur en France.

L'écrivain s'est mis au service des plus pauvres dans la société brésilienne à travers l'Institut Paulo Coelho qu'il a fondé avec son épouse Christina Oiticica. Conseiller spécial pour le dialogue interculturel et les convergences spirituelles auprès de l'Unesco, il défend les valeurs attachées au multi-culturalisme. Il a été nommé Messager de la Paix pour les Nations Unies en septembre 2007.

Brida

*De Paulo Coelho
aux Éditions J'ai lu*

L'ALCHIMISTE
N° 4120

**SUR LE BORD DE LA RIVIÈRE PIEDRA
JE ME SUIS ASSISE ET J'AI PLEURÉ**
N° 4385

LE ZAHIR
N° 7990

VERONIKA DÉCIDE DE MOURIR
N° 8282

COMME LE FLEUVE QUI COULE
N° 8285

LA SORCIERE DE PORTOBELLO
N° 8634

LE PÈLERIN DE COMPOSTELLE
N° 8931

LE DÉMON ET MADEMOISELLE PRYM
N° 8932

ONZE MINUTES
N° 9167

LA SOLITUDE DU VAINQUEUR
N° 9241

LA CINQUIÈME MONTAGNE
N° 9529

MAKTUB
N° 9651

PAULO
COELHO

BRIDA

ROMAN

Traduit du portugais (Brésil)
par Françoise Marchand-Sauvagnargues

Titre original :
BRIDA

www.paulocoelho.com

« Cette édition est publiée avec l'accord
de Sant Jordi Asociados, Barcelone, Espagne. »

© Paulo Coelho, 1990 (tous droits réservés)

Pour la traduction française :
© Flammarion, 2010

N.D.L., qui a réalisé les miracles ;
Christina, qui fait partie de l'un d'eux ;
et Brida.

Ô Marie conçue sans péché, priez pour nous qui avons recours à vous. Amen.

Ou encore, quelle femme, si elle a dix pièces d'argent et qu'elle en perde une, n'allume pas une lampe, ne balaie la maison et ne cherche avec soin, jusqu'à ce qu'elle l'ait retrouvée ? Et quand elle l'a retrouvée, elle réunit scs amies et ses voisines, et leur dit : « Réjouissez-vous avec moi, car je l'ai retrouvée, la pièce que j'avais perdue. »

Luc, 15, 8-9

Avant de commencer

Dans *Le Pèlerin de Compostelle*, j'ai remplacé deux des Pratiques de RAM par des exercices de perception, appris à l'époque où je m'occupais de théâtre. Bien que les résultats soient rigoureusement identiques, cela me valut une sévère réprimande de mon Maître. « Peu importe, dit-il, qu'il existe des moyens plus rapides ou plus faciles ; la Tradition ne peut jamais être modifiée. »

C'est pour cette raison que les quelques rituels décrits dans *Brida* sont ceux qui ont été pratiqués pendant des siècles par la Tradition de la Lune – une tradition spécifique qui requiert, dans son exécution, de l'expérience et de la pratique. Utiliser ces rituels sans orientation est dangereux, déconseillé, inutile, et peut nuire sérieusement à la Quête Spirituelle.

Nous nous retrouvions tous les soirs dans un café à Lourdes. Moi, pèlerin du Chemin sacré de Rome, je devais marcher des jours en quête de mon Don. Elle, Brida O'Fern, contrôlait une partie déterminée de ce chemin.

Un de ces soirs, je décidai de lui demander si elle avait éprouvé une très forte émotion en découvrant une certaine abbaye qui se trouve sur le parcours en forme d'étoile que les Initiés suivent dans les Pyrénées.

« Je n'y suis jamais allée », répondit-elle.

Je fus surpris. Après tout, elle possédait déjà un Don.

« Tous les chemins mènent à Rome », dit Brida, recourant à un vieux proverbe pour m'indiquer que les Dons pouvaient être éveillés n'importe où. « J'ai fait mon chemin de Rome en Irlande. »

Lors de nos rencontres suivantes, elle me raconta l'histoire de sa quête. Son récit terminé, je lui demandai si je pourrais, un jour, écrire ce que je venais d'entendre.

Sur le moment, elle accepta. Mais à chacune de nos rencontres, elle mettait un obstacle. Elle me demanda de modifier les noms des personnes impliquées, elle voulait savoir quel public lirait l'histoire, et comment il réagirait.

« Je ne peux le savoir, répondis-je, mais je crois que ce n'est pas cela qui te pose problème.

— Tu as raison, dit-elle. Je pense vraiment qu'il s'agit d'une expérience très particulière. Je ne sais pas si les gens pourront en tirer un profit quelconque. »

C'est un risque que maintenant nous courons ensemble, Brida. Selon un texte anonyme de la Tradition, chacun, dans son existence, peut avoir deux attitudes : Construire ou Planter. Les constructeurs peuvent rester des années attelés à leur tâche, mais un jour ils la terminent. Alors ils s'arrêtent, et ils sont limités par leurs propres murs. La vie perd son sens quand la construction est terminée.

Mais il y a ceux qui plantent. Ceux-là souffrent parfois des orages, des saisons, et se reposent rarement. Cependant, contrairement à un édifice, le jardin ne cesse jamais de pousser. Et, en même temps qu'il exige l'attention du jardinier, il lui permet aussi de vivre sa vie telle une grande aventure.

Les jardiniers se reconnaîtront entre eux, parce qu'ils savent que dans l'histoire de chaque plante se trouve la croissance de toute la Terre.

Paulo Coelho

IRLANDE

Août 1983 – mars 1984

ÉTÉ ET AUTOMNE

« Je veux apprendre la magie », déclara la jeune fille.

Le Magicien la regarda. Jean délavé, T-shirt, et cet air de défi que prennent toujours les timides quand ils ne le devraient pas. « Je dois être deux fois plus âgé qu'elle », pensa-t-il. Et, malgré cela, il savait qu'il se trouvait devant son Autre Partie.

« Je m'appelle Brida, poursuivit-elle. Excuse-moi de ne pas m'être présentée. J'ai beaucoup attendu ce moment, et je suis plus anxieuse que je ne le pensais.

— Pourquoi veux-tu apprendre la magie ? demanda-t-il.

— Pour répondre à certaines questions que je me pose sur ma vie. Pour connaître les pouvoirs occultes. Et peut-être pour voyager dans le passé et dans l'avenir. »

Ce n'était pas la première fois que quelqu'un venait jusqu'au bois lui demander cela. Il fut une époque où il était un Maître très connu et respecté par la Tradition. Il avait accepté plusieurs disciples, et cru que le monde changerait dans la mesure où lui pourrait changer ceux qui l'entouraient. Mais il avait commis une erreur.

19

Et les Maîtres de la Tradition ne peuvent pas commettre d'erreurs.

« Ne crois-tu pas que tu es un peu trop jeune ?

— J'ai vingt et un ans, dit Brida. Si je voulais apprendre la danse classique maintenant, on me trouverait déjà trop vieille. »

Le Magicien lui fit signe de l'accompagner. Ils se mirent tous deux à marcher dans le bois, en silence. « Elle est jolie », pensait-il, tandis que les ombres des arbres changeaient rapidement de position parce que le soleil était déjà près de l'horizon. « Mais j'ai deux fois son âge. » Cela signifiait qu'il allait peut-être souffrir.

Brida était agacée par le silence de l'homme qui marchait à côté d'elle ; sa dernière phrase n'avait même pas mérité un commentaire de sa part. Le sol de la forêt était humide, couvert de feuilles mortes ; elle remarqua aussi que les ombres se déplaçaient et que la nuit tombait rapidement. Il allait bientôt faire noir, et ils n'avaient pas emporté de lampe de poche.

« Je dois lui faire confiance, se disait-elle pour se donner du courage. Si je crois qu'il peut m'enseigner la magie, je dois aussi croire qu'il peut me guider dans une forêt. »

Ils continuèrent à marcher. L'homme semblait avancer sans but, d'un côté puis de l'autre, changeant de direction sans que nul obstacle n'interrompît son chemin. Plus d'une fois, ils tournèrent en rond, passant à trois ou quatre reprises au même endroit.

« Peut-être me met-il à l'épreuve. » Elle était décidée à aller jusqu'au bout de cette expérience et elle cherchait à se prouver que tout ce qui arrivait – y compris le fait de tourner en rond – était parfaitement normal.

Elle était venue de très loin et elle avait beaucoup attendu cette rencontre. Dublin se trouvait à presque cent cinquante kilomètres de ce village et les bus qui y conduisaient étaient inconfortables et partaient à des horaires absurdes. Elle avait dû se réveiller tôt, faire trois heures de route, aller à sa recherche dans la petite ville, expliquer ce qu'elle désirait d'un homme si étrange. Finalement, quelqu'un lui avait indiqué le coin du bois où il se trouvait habituellement pendant la journée, non sans l'avertir qu'il avait déjà tenté de séduire une fille du village.

« C'est un homme intéressant », pensa-t-elle. Le chemin montait maintenant et elle commença à souhaiter que le soleil restât encore un peu plus longtemps dans le ciel. Elle avait peur de glisser sur les feuilles humides qui jonchaient le sol.

« Pourquoi tiens-tu à apprendre la magie ? »

Brida se réjouit parce que le silence avait été brisé. Elle répéta la même réponse.

Mais il ne s'en satisfit pas.

« Peut-être veux-tu apprendre la magie parce qu'elle est mystérieuse et secrète. Parce qu'elle contient des réponses que peu d'êtres humains parviennent à trouver dans toute leur vie. Mais surtout parce qu'elle évoque un passé romantique. »

Brida ne dit rien. Elle ne savait que dire. Elle souhaita que le Magicien retournât à son silence habituel, parce qu'elle avait peur de donner une réponse qui lui déplût.

Ils arrivèrent enfin en haut d'un mont, après avoir traversé tout le bois. Le terrain y était rocailleux et dépourvu de la moindre végétation, mais il était moins glissant, et Brida suivit le Magicien sans aucune difficulté.

Il s'assit au sommet et invita Brida à en faire autant.

« D'autres personnes sont déjà venues ici, dit le Magicien. Elles sont venues me demander de leur enseigner la magie. Mais j'ai déjà enseigné tout ce que je devais enseigner, j'ai rendu à l'humanité ce qu'elle m'avait donné. Aujourd'hui je veux rester seul, gravir les montagnes, soigner les plantes et communier avec Dieu.

— Ce n'est pas vrai, répliqua la jeune fille.

— Qu'est-ce qui n'est pas vrai ? »

Il était surpris.

« Peut-être veux-tu communier avec Dieu. Mais ce n'est pas vrai que tu veuilles rester seul. »

Brida regretta. Elle avait dit tout cela impulsivement et maintenant il était trop tard pour réparer son erreur. Peut-être existait-il des gens qui aimaient rester seuls. Peut-être les femmes avaient-elles davantage besoin des hommes que les hommes des femmes.

Le Magicien, cependant, ne semblait pas irrité lorsqu'il reprit la parole.

« Je vais te poser une question, dit-il. Tu dois être absolument sincère dans ta réponse. Si tu me dis la vérité, je t'apprendrai ce que tu me demandes. Si tu mens, tu ne dois plus jamais revenir dans cette forêt. »

Brida respira, soulagée. Ce n'était qu'une question. Il ne fallait pas mentir, c'est tout. Elle avait toujours pensé que les Maîtres, pour accepter leurs disciples, avaient d'autres exigences.

Il s'assit bien en face d'elle. Ses yeux étaient brillants.

« Supposons que je commence à t'enseigner ce que j'ai appris, dit-il, les yeux fixés dans ceux de la jeune fille. Que je commence à te montrer les univers parallèles qui nous entourent, les anges, la sagesse de la nature, les mystères de la Tradition du Soleil et de la Tradition de la Lune. Et un jour, tu descends à la ville pour acheter des aliments et tu rencontres au milieu de la rue l'homme de ta vie. »

« Je ne saurais pas le reconnaître », pensa-t-elle. Mais elle décida de se taire ; la question paraissait plus difficile qu'elle ne l'avait imaginé.

« Il ressent la même chose et il réussit à t'approcher. Vous tombez amoureux. Tu continues tes études avec moi, je te montre la sagesse du Cosmos pendant le jour, il te montre la sagesse de l'Amour pendant la nuit. Mais arrive un moment où tout cela ne peut plus marcher. Tu dois choisir. »

Le Magicien cessa de parler quelques instants. Avant même de poser sa question, il redouta la réponse de la jeune fille. Sa venue, cet après-midi-là, signifiait la fin d'une étape dans la vie de l'un et de l'autre. Il le savait, parce qu'il connaissait les traditions et les desseins des Maîtres. Il avait besoin d'elle autant qu'elle de lui. Mais elle devait dire la vérité à ce moment-là ; c'était la seule condition.

« Maintenant, réponds-moi en toute franchise, dit-il enfin, s'armant de courage. Abandonnerais-tu tout ce que tu as appris jusque-là, toutes les possibilités et tous les mystères que le monde de la magie pourrait t'apporter, pour rester avec l'homme de ta vie ? »

Brida détourna les yeux. Autour d'elle se trouvaient les montagnes, les forêts, et là en bas, le petit village commençait à éteindre ses lumières. Les cheminées fumaient, bientôt les familles seraient réunies autour de la table pour dîner. Ces gens travaillaient honnêtement, ils craignaient Dieu, et ils s'efforçaient d'aider leur prochain. Ils faisaient tout cela parce qu'ils connaissaient l'amour. Leurs vies avaient une explication, ils étaient capables de comprendre tout ce qui se passait dans l'Univers, sans jamais avoir entendu parler de la Tradition du Soleil ou de la Tradition de la Lune.

« Je ne vois aucune contradiction entre ma quête et mon bonheur, dit-elle.

— Réponds à ce que je t'ai demandé. »

Les yeux du Magicien étaient rivés aux siens.

« Est-ce que tu abandonnerais tout pour cette personne ? »

Brida éprouva une immense envie de pleurer. Ce n'était pas seulement une question, c'était un choix, le choix le plus difficile qui puisse se présenter dans la vie. Elle avait déjà beaucoup pensé à cela. Il fut un temps où rien au monde n'avait autant d'importance qu'elle-même. Elle avait eu de nombreux amoureux, elle avait toujours cru aimer chacun d'eux, et toujours elle avait vu l'amour se terminer en un instant. De tout ce qu'elle avait connu jusque-là, l'amour était le plus difficile. En ce moment, elle était éprise d'un garçon à peine plus âgé qu'elle, qui étudiait la physique et voyait le monde d'une manière complètement différente de la sienne. Encore une fois elle croyait à l'amour, misait sur ses sentiments, mais elle avait été si souvent déçue qu'elle n'était plus certaine de rien. Néanmoins, cela restait le grand pari de sa vie.

Elle évita de regarder le Magicien. Ses yeux se fixèrent sur la ville et ses cheminées qui fumaient. Depuis le commencement des temps, c'était à travers l'amour que tout le monde cherchait à comprendre l'Univers.

« J'abandonnerais », dit-elle enfin.

L'homme qui se trouvait devant elle ne comprendrait jamais ce qui se passait dans le cœur des gens. Cet homme connaissait le pouvoir, les mystères de la magie, mais il ne connaissait pas les êtres. Il avait les cheveux grisonnants, la peau brûlée par le soleil, et le physique de quelqu'un qui est habitué à gravir et descendre ces montagnes. Il était charmant, avec ses yeux qui reflétaient son âme pleine de réponses, et il devait être encore une fois déçu par les sentiments des humains ordinaires. Elle aussi se décevait elle-même, mais elle ne pouvait pas mentir.

« Regarde-moi », dit le Magicien.

Brida avait honte. Mais elle le regarda tout de même.

« Tu as dit la vérité. Je vais t'apprendre. »

La nuit tomba complètement, et les étoiles brillaient dans un ciel sans lune. En deux heures, Brida raconta toute sa vie à cet inconnu. Elle tenta de chercher des événements qui pussent expliquer son intérêt pour la magie – par exemple des visions dans l'enfance, des prémonitions, des appels intérieurs –, mais elle ne trouva rien. Elle avait envie de connaître, et c'est tout. C'est pour cette raison qu'elle avait fréquenté des cours d'astrologie, de tarot, de numérologie.

« Ça, ce ne sont que des langages, dit le Magicien. Et ce ne sont pas les seuls. La magie parle tous les langages du cœur de l'homme.

— Qu'est-ce que la magie, alors ? » demanda-t-elle.

Malgré l'obscurité, Brida vit que le Magicien tournait la tête. Il regardait le ciel, absorbé, peut-être à la recherche d'une réponse.

« La magie est un pont, dit-il enfin. Un pont qui te permet d'aller du monde visible vers l'invisible. Et d'apprendre les leçons des deux mondes.

— Et comment puis-je apprendre à traverser ce pont ?

— En découvrant ta manière de le traverser. Chaque personne a la sienne.

— C'est ce que je suis venue chercher ici.

— Il existe deux façons, poursuivit le Magicien. La Tradition du Soleil, qui enseigne les secrets à travers l'espace et tout ce qui nous entoure. Et la Tradition de la Lune, qui enseigne les secrets à travers le Temps et tout ce qui est prisonnier dans la mémoire du temps. »

Brida avait compris. La Tradition du Soleil était cette nuit, les arbres, le froid dans son corps, les étoiles dans le ciel. Et la Tradition de la Lune était cet homme devant elle, la sagesse des ancêtres brillant dans ses yeux.

« J'ai appris la Tradition de la Lune, ajouta le Magicien, comme s'il devinait ses pensées. Mais jamais je n'y ai été un Maître. Je suis un Maître dans la Tradition du Soleil.

— Montre-moi la Tradition du Soleil », dit Brida, méfiante parce qu'elle avait pressenti une certaine tendresse dans la voix du Magicien.

« Je vais t'enseigner ce que j'ai appris. Mais les chemins de la Tradition du Soleil sont nombreux. Il faut avoir confiance dans la capacité qu'a chacun d'être son propre professeur. »

Brida ne se trompait pas. Il y avait vraiment de la tendresse dans la voix du Magicien. Cela l'effrayait, au lieu de la mettre à l'aise.

« Je suis capable de comprendre la Tradition du Soleil », dit-elle.

Le Magicien cessa de regarder les étoiles et se concentra sur la jeune fille. Il savait qu'elle n'était pas encore capable d'apprendre la Tradition du Soleil. Néanmoins, il devait la lui enseigner. Certains disciples choisissent leurs Maîtres.

« Je veux te rappeler une chose, avant la première leçon, dit-il. Quand quelqu'un trouve son chemin, il ne peut pas avoir peur. Il doit avoir assez de courage pour faire des faux pas. Les déceptions, les défaites, le découragement sont des outils que Dieu utilise pour montrer la route.

— Étranges outils, dit Brida. Ils font souvent renoncer les gens. »

Le Magicien pouvait en témoigner. Il avait déjà enduré dans son corps et dans son âme les étranges outils de Dieu.

« Enseigne-moi la Tradition du Soleil », insista-t-elle.

Le Magicien pria Brida de s'appuyer à une saillie du rocher et de se détendre.

« Tu n'as pas besoin de fermer les yeux. Regarde le monde autour de toi, et perçois tout ce que tu peux percevoir. En chaque instant, devant chaque personne, la Tradition du Soleil montre la sagesse éternelle. »

Brida fit ce que le Magicien lui demandait, mais elle trouva qu'il allait très vite.

« Cette leçon est la première et la plus importante, déclara-t-il. Elle a été inventée par un mystique espagnol, qui avait compris la signification de la foi. Il s'appelait Jean de la Croix. »

Il regarda la jeune fille, abandonnée et confiante. Du fond de son cœur, il désira qu'elle comprît ce qu'il allait lui enseigner. En fin de compte, elle était son Autre Partie, même si elle ne le savait pas encore, même si elle était très jeune et fascinée par les choses et par les êtres.

Brida distingua, à travers l'obscurité, la silhouette du Magicien entrant dans le bois et disparaissant parmi les arbres qui se trouvaient à sa gauche. Elle eut peur de rester là toute seule, et elle s'efforça de garder son calme. C'était sa première leçon, elle ne devait pas faire preuve de nervosité.

« Il m'a acceptée comme disciple. Je ne peux pas le décevoir. »

Elle était contente d'elle, et en même temps surprise de la rapidité avec laquelle tout s'était passé. Mais jamais elle n'avait douté de ses capacités – elle était fière d'elle et de ce qui l'avait menée jusque-là. Elle eut la certitude que, quelque part sur le mont, le Magicien observait ses réactions, pour voir si elle était capable d'apprendre la première leçon de magie. Il avait parlé de courage, de peur même – elle devait se montrer courageuse. Au fond de son esprit commençaient à surgir des images de serpents et de scorpions qui habitaient cette rocaille. Bientôt il reviendrait lui enseigner la première leçon.

« Je suis une femme forte et décidée », se répéta-t-elle tout bas. C'était un privilège de se trouver là, avec cet homme, que les gens adoraient ou bien redoutaient. Elle revit tout l'après-midi qu'ils avaient passé ensemble, elle se rappela le moment où elle avait deviné une certaine tendresse dans sa voix. « Peut-être lui aussi a-t-il trouvé que j'étais une femme intéressante. Peut-être même aimerait-il faire l'amour avec moi. » Ce ne serait pas une mauvaise expérience ; il y avait quelque chose d'étrange dans ses yeux.

« Quelles pensées stupides ! » Elle était là, en quête de quelque chose de très concret – un chemin de connaissance – et soudain, elle se percevait comme une simple femme. Elle essaya de ne plus y penser, et c'est alors qu'elle se rendit compte que beaucoup de temps s'était écoulé depuis que le Magicien l'avait laissée seule.

Elle ressentit un début de panique. Il courait sur cet homme des rumeurs contradictoires ; certains affirmaient qu'il avait été le Maître le plus puissant qu'ils aient connu, qu'il était capable de changer la direction du vent, d'ouvrir des trouées dans les nuages, par la seule force de la pensée. Comme tout le monde, Brida était fascinée par des prodiges de cette nature.

D'autres, cependant – des gens qui fréquentaient le monde de la magie, les cours et les classes qu'elle suivait –, assuraient qu'il pratiquait la magie noire, qu'une fois il avait détruit un homme grâce à son Pouvoir, parce qu'il était tombé amoureux de sa femme. Ainsi, bien qu'étant un Maître, il avait été condamné à errer dans la solitude des forêts.

« Peut-être la solitude l'a-t-elle rendu encore plus fou. » Brida commença à ressentir de nouveau un début de panique. Malgré sa jeunesse, elle connaissait déjà les dommages que la solitude pouvait causer chez les gens, en particulier quand ils vieillissaient. Elle avait rencontré des personnes dont la vie avait perdu toute saveur parce qu'elles ne parvenaient plus à lutter contre la solitude, et que celle-ci avait fini par détruire. La plupart d'entre elles considéraient le monde comme un lieu sans dignité et sans gloire, et passaient leurs soirées et leurs nuits à parler sans arrêt des fautes que les autres avaient commises. La solitude les avait transformées en juges du monde, qui semaient leurs sentences aux quatre vents, à qui voulait les entendre. Peut-être le Magicien était-il devenu fou de solitude.

Soudain, un bruit violent à côté d'elle la fit sursauter, et fit palpiter son cœur. Il n'y avait plus trace de l'abandon dans lequel elle se trouvait quelque temps auparavant. Elle regarda autour d'elle sans rien distinguer. Une vague d'épouvante semblait naître dans son ventre et se répandre dans tout son corps.

« Je dois me contrôler », pensa-t-elle, mais c'était impossible. Les images de serpents, de scorpions, les fantômes de son enfance, commencèrent à apparaître devant elle. Brida était trop épouvantée pour pouvoir garder le contrôle d'elle-même. Une autre image surgit : celle d'un sorcier puissant, qui avait fait un pacte avec le diable et offrait sa vie en holocauste.

« Où es-tu ? » cria-t-elle enfin. Elle n'avait plus envie d'impressionner qui que ce fût. Tout ce qu'elle voulait, c'était sortir de là.

Personne ne répondit.

« Je veux sortir d'ici ! Au secours ! »

Mais il n'y avait que la forêt, et ses bruits étranges. Folle de terreur, Brida pensa qu'elle allait s'évanouir. Mais elle ne pouvait pas ; maintenant qu'elle avait la certitude qu'il était loin, s'évanouir serait pire. Elle devait garder le contrôle d'elle-même.

Cette pensée lui fit découvrir qu'une force en elle luttait pour conserver cette maîtrise. « Je ne peux pas continuer à crier », fut la première idée qui lui vint. Ses cris risquaient d'attirer l'attention d'autres hommes qui vivaient dans cette forêt, et les hommes qui vivent dans les forêts peuvent être plus dangereux que des animaux sauvages.

« J'ai la foi, se mit-elle à répéter tout bas. J'ai foi en Dieu, foi en mon Ange gardien, qui m'a menée jusqu'ici et qui reste avec moi. Je ne saurais expliquer à quoi il ressemble, mais je sais qu'il est tout près. Je ne trébucherai sur aucune pierre. »

La dernière phrase était inspirée d'un Psaume qu'elle avait appris enfant et qui, depuis des années, lui était sorti de l'esprit. Sa grand-mère, morte peu de temps auparavant, le lui avait enseigné. Elle aurait aimé que celle-ci fût près d'elle en ce moment ; immédiatement, elle sentit une présence amie.

Elle commençait à comprendre qu'il y avait une grande différence entre le danger et la peur.

« Celui qui habite là où se cache le Très Haut... », ainsi commençait le Psaume. Elle constata qu'elle se souvenait de tout, mot pour mot, exactement comme si sa grand-mère était en train de le lui réciter en cet instant. Elle récita pendant un certain temps, sans s'arrêter et, malgré la peur, elle se sentit plus tranquille. Elle n'avait pas d'autre choix à ce moment-là ; ou bien elle croyait en Dieu, en son Ange gardien, ou bien elle se désespérait.

Elle sentit une présence protectrice. « Je dois croire en cette présence. Je ne sais pas l'expliquer, mais elle existe. Et elle va rester ici avec moi toute la nuit, parce que je ne sais pas sortir seule d'ici. »

Quand elle était petite, elle se réveillait souvent au milieu de la nuit, effrayée. Alors son père allait avec elle jusqu'à la fenêtre et lui montrait la ville où ils vivaient. Il lui parlait des gardiens de nuit, du laitier qui livrait déjà le lait, du boulanger qui faisait le pain quotidien. Son père la priait de chasser les monstres qu'elle avait mis dans la nuit et de les remplacer par ces gens qui veillaient sur l'obscurité. « La nuit n'est qu'une partie du jour », disait-il.

La nuit n'était qu'une partie du jour. Et de même qu'elle se sentait protégée par la lumière, elle pouvait se sentir protégée par les ténèbres. Les ténèbres lui faisaient invoquer cette présence protectrice. Elle devait lui faire confiance. Et cette confiance s'appelait foi. Personne ne pourrait jamais comprendre la foi. La foi était exactement ce qu'elle éprouvait maintenant, une plongée sans explication dans une nuit obscure comme celle-là. Elle existait seulement parce que l'on croyait en elle. De même que les miracles n'avaient aucune explication, mais se produisaient pour celui qui croyait aux miracles.

« Il m'a parlé de la première leçon », dit-elle, comprenant soudain. La présence protectrice était là, parce qu'elle croyait en elle. Brida commença à ressentir la fatigue de toutes ces heures de tension. Elle se détendit, et se sentit de plus en plus protégée.

Elle avait la foi. Et la foi ne permettrait pas que la forêt fût de nouveau peuplée de scorpions et de serpents. La foi maintiendrait son Ange gardien aux aguets, veillant sur elle.

Elle se coucha de nouveau sur la roche et s'endormit sans s'en rendre compte.

Quand elle se réveilla, il faisait jour, et un beau soleil colorait tout autour d'elle. Elle avait un peu froid, ses vêtements étaient sales, mais son âme débordait de joie. Elle avait passé une nuit entière, seule, dans une forêt.

Elle chercha des yeux le Magicien, même si elle savait son geste inutile. Il devait marcher dans les bois, s'efforçant de « communier avec Dieu », et se demandant peut-être si cette fille de la nuit dernière avait eu le courage d'apprendre la première leçon de la Tradition du Soleil.

« J'ai appris ce qu'est la Nuit Obscure, dit-elle à la forêt, maintenant silencieuse. J'ai appris que la quête de Dieu est une Nuit Obscure. Que la foi est une Nuit Obscure.

« Je n'ai pas été surprise. Chaque jour de l'homme est une Nuit Obscure. Personne ne sait ce qui va se passer à la minute suivante, et pourtant, les gens continuent. Parce qu'ils ont confiance. Parce qu'ils ont la foi. »

Ou, qui sait, parce qu'ils ne perçoivent pas le mystère que renferme la seconde suivante. Mais cela n'avait pas la moindre importance, l'important était de savoir qu'elle avait compris.

Que chaque moment dans la vie était un acte de foi.

Qu'elle pouvait le peupler de serpents et de scorpions, ou d'une force protectrice.

Que la foi ne s'expliquait pas. C'était une Nuit Obscure. Et il lui appartenait seulement de l'accepter ou non.

Brida regarda sa montre et vit qu'il se faisait tard. Elle devait prendre un bus, faire trois heures de trajet et penser à quelques explications convaincantes pour son petit ami ; il n'allait jamais croire qu'elle avait passé une nuit entière, seule, dans une forêt.

« C'est très difficile la Tradition du Soleil ! cria-t-elle à la forêt. Je dois être ma propre Maîtresse, et ce n'est pas ça que j'attendais ! »

Elle regarda la petite ville, en bas, traça mentalement son chemin par le bois et se mit en marche. Mais avant, elle se tourna de nouveau vers le rocher.

« Je veux dire autre chose, cria-t-elle d'une voix légère et joyeuse. Tu es un homme très intéressant. »

Adossé au tronc d'un vieil arbre, le Magicien vit la jeune fille disparaître dans le bois. Il avait écouté sa peur et entendu ses cris pendant la nuit. À un certain moment, il pensa même s'approcher, la prendre dans ses bras, la protéger de sa frayeur, lui dire qu'elle n'avait pas besoin de ce genre de défi.

Maintenant, il était content de ne pas l'avoir fait. Et fier que cette fille, avec toute la confusion de sa jeunesse, fût son Autre Partie.

Dans le centre de Dublin se trouve une librairie spécialisée dans les traités d'occultisme les plus avancés. Cette librairie n'a jamais fait aucune publicité dans des journaux ou des revues : les gens n'y viennent que conseillés par d'autres, et le libraire est ravi, puisqu'il a un public choisi et spécialisé.

Pourtant, la librairie ne désemplit pas. Après en avoir beaucoup entendu parler, Brida trouva enfin l'adresse grâce au professeur d'un cours de voyage astral qu'elle fréquentait. Elle s'y rendit un après-midi, après le travail, et l'endroit l'enchanta.

Dès lors, chaque fois qu'elle le pouvait, elle allait regarder les livres – seulement les regarder, car ils étaient tous importés et coûtaient très cher. Elle venait les feuilleter un par un, observant les dessins et les symboles que contenaient certains volumes, et sentant intuitivement la vibration de toute cette connaissance accumulée. Après l'expérience avec le Magicien, elle était devenue plus prudente. Elle se reprochait parfois de ne parvenir à prendre part qu'à des événements qu'elle pouvait comprendre. Elle sentait bien qu'elle perdait quelque chose d'important dans cette vie, qu'ainsi elle ne connaîtrait que des expériences répétitives. Mais elle n'avait pas le courage de changer. Elle ne devait pas perdre de vue son chemin ; maintenant qu'elle connaissait la Nuit Obscure, elle savait qu'elle ne désirait pas s'y trouver.

Et même si elle était quelquefois insatisfaite d'elle-même, il lui était impossible d'aller au-delà de ses propres limites.

Les livres étaient plus sûrs. Les étagères contenaient des rééditions de traités écrits des centaines d'années auparavant – très peu de gens se risquaient à proposer du nouveau dans ce domaine. Et la sagesse occulte semblait sourire dans ces pages, lointaine et absente, de l'effort que faisaient les hommes pour tenter de la dévoiler à chaque génération.

Outre les livres, Brida avait une autre bonne raison de fréquenter cet endroit : elle observait les habitués. Parfois, elle faisait semblant de feuilleter de respectables traités d'alchimie, mais ses yeux étaient concentrés sur ces hommes et ces femmes, en général plus âgés qu'elle, qui savaient ce qu'ils voulaient et se dirigeaient toujours vers le rayon adéquat. Elle essayait de les imaginer dans l'intimité. Certains paraissaient savants, capables de réveiller la force ou le pouvoir que ne connaissent pas les mortels. D'autres avaient seulement l'air de gens désespérés, tentant de redécouvrir des réponses qu'ils avaient oubliées depuis très longtemps, et sans lesquelles la vie n'avait plus de sens.

Elle constata aussi que les clients les plus assidus bavardaient toujours avec le libraire. Ils parlaient de choses étranges, comme les phases de la lune, la propriété des pierres et la prononciation correcte des paroles rituelles.

Un après-midi, Brida décida d'en faire autant. Elle revenait du travail, où tout s'était bien passé. Elle estima qu'elle devait profiter de ce jour de chance.

« Je sais qu'il existe des sociétés secrètes », lança-t-elle. Elle pensa que c'était un bon début pour la conversation. Elle « savait » quelque chose.

Mais le libraire se contenta de lever la tête de ses comptes et de regarder avec étonnement la jeune fille.

« J'ai rencontré le Magicien de Folk, dit une Brida déjà un peu déconcertée, ne sachant comment poursuivre. Il m'a parlé de la Nuit Obscure. Il m'a expliqué que le chemin de la sagesse, c'était ne pas avoir peur de se tromper. »

Elle remarqua que le libraire prêtait cette fois davantage d'attention à ses propos. Si le Magicien lui avait enseigné quelque chose, c'est quelle était sans doute une personne spéciale.

« Si vous savez que le chemin est la Nuit Obscure, alors pourquoi chercher les livres ? demanda-t-il finalement, et elle comprit que l'allusion au Magicien n'avait pas été une bonne idée.

— Parce que je ne veux pas apprendre de cette manière », rectifia-t-elle.

Le libraire regarda la jeune fille qui se trouvait devant lui. Elle possédait un Don. Mais il était étrange que, pour cette seule raison, le Magicien de Folk lui eût accordé autant d'attention. Il y avait sans doute autre chose. Cela pouvait aussi être un mensonge, mais elle avait évoqué la Nuit Obscure.

« Je vous ai vue souvent par ici, dit-il. Vous entrez, vous feuilletez tous les livres et vous n'en achetez jamais aucun.

— Ils coûtent cher, dit Brida, pressentant qu'il avait envie de poursuivre la conversation. Mais j'ai lu d'autres livres, j'ai fréquenté plusieurs cours. »

Elle cita le nom des professeurs. Peut-être le libraire serait-il encore plus impressionné.

De nouveau, la situation se révéla différente de ce qu'elle attendait. Le libraire l'interrompit, et alla s'occuper d'un client qui voulait savoir si l'almanach contenant les positions des planètes pour les cent prochaines années était arrivé.

Il consulta un tas de paquets qui se trouvaient sous le comptoir. Brida remarqua que ces derniers portaient des timbres de différents coins du monde.

Elle était de plus en plus nerveuse ; son courage initial avait complètement disparu. Mais elle dut attendre que le client ait reçu le livre, payé, pris sa monnaie et soit parti. Alors seulement, le libraire se tourna de nouveau vers elle.

« Je ne sais comment continuer », dit Brida. Elle se sentait gênée.

« Que savez-vous bien faire ? demanda-t-il.

— Poursuivre ce en quoi je crois. »

Il n'y avait pas d'autre réponse. Elle passait sa vie à courir après ce en quoi elle croyait.

Le problème était que chaque jour elle croyait en une chose différente.

Le libraire inscrivit un nom sur le papier qu'il utilisait pour faire ses comptes. Il déchira le morceau sur lequel il avait écrit, et le tint dans sa main.

« Je vais vous donner une adresse, dit-il. Il fut un temps où les gens acceptaient les expériences de magie comme des choses naturelles. En ce temps-là, il n'y avait même pas de prêtres. Et personne ne courait après des secrets occultes. »

Brida ne savait pas s'il voulait parler d'elle.

« Savez-vous ce qu'est la magie ? demanda-t-il.

— C'est un pont. Entre le monde visible et l'invisible. »

Le libraire lui tendit le papier. Dessus se trouvaient un téléphone et un nom : Wicca.

Brida s'en saisit rapidement, remercia et sortit. En arrivant à la porte, elle se retourna vers lui :

« Et je sais aussi que la magie parle de nombreux langages. Y compris celui des libraires, qui font semblant d'être difficiles, mais qui sont généreux et accessibles. »

Elle lui envoya un baiser et disparut derrière la porte. Le libraire interrompit ses comptes et regarda sa boutique. « Le Magicien de Folk lui a enseigné ces choses », pensa-t-il. Un Don, aussi bon fût-il, ça ne suffisait pas pour intéresser le Magicien ; il y avait certainement une autre raison. Wicca saurait la découvrir.

Il était déjà l'heure de fermer. Le libraire constatait que le public de sa boutique commençait à changer. Il était de plus en plus jeune – comme disaient les vieux traités qui remplissaient ses rayons, les choses retournaient finalement vers leur point de départ.

Le vieil immeuble était situé en centre-ville, dans un endroit qui de nos jours n'est fréquenté que par des touristes à la recherche du romantisme du XIXᵉ siècle. Brida avait dû attendre une semaine avant que Wicca ne se décidât à la recevoir ; et maintenant, elle se trouvait devant une construction grise et mystérieuse, essayant de contenir son excitation. Cet édifice s'accordait parfaitement au modèle de sa quête, c'était exactement dans un endroit comme celui-là que devaient vivre les gens qui fréquentaient la librairie.

L'immeuble n'avait pas d'ascenseur. Elle monta l'escalier lentement, pour ne pas arriver essoufflée à destination. Elle sonna à la seule porte du troisième étage.

Un chien aboya à l'intérieur. Après un moment d'attente, une femme mince, bien habillée, l'air sévère, vint à sa rencontre.

« C'est moi qui ai téléphoné », dit Brida.

Wicca lui fit signe d'entrer, et Brida se retrouva dans un salon tout blanc ; des œuvres d'art moderne ornaient les murs et les tables. Des rideaux également blancs filtraient la lumière du soleil ; la pièce était divisée en plusieurs plans, où étaient harmonieusement disposés les sofas, la table et la bibliothèque remplie de livres. Tout paraissait décoré avec beaucoup de goût, et Brida se rappela certaines revues d'architecture qu'elle avait l'habitude de feuilleter dans les kiosques.

« Cela a dû coûter très cher », fut l'unique pensée qui lui vint.

Wicca conduisit la nouvelle venue vers un coin de l'immense salon, où se trouvaient deux fauteuils de design italien, faits de cuir et d'acier. Entre les deux fauteuils, il y avait une petite table basse, en verre, dont les pieds étaient aussi en acier.

« Tu es très jeune », dit enfin Wicca.

Inutile d'évoquer à nouveau les ballerines, *et cetera*. Brida resta silencieuse, attendant le commentaire suivant, tandis qu'elle essayait d'imaginer ce que faisait une pièce aussi moderne dans un édifice aussi ancien. Son idée romantique de la quête de la connaissance s'était de nouveau dissipée.

« Il m'a téléphoné », dit Wicca.

Brida comprit qu'elle faisait allusion au libraire.

« Je suis venue chercher un Maître. Je veux parcourir le chemin de la magie. »

Wicca regarda la jeune fille. De fait, elle possédait un Don. Mais elle avait besoin de savoir pourquoi le Magicien de Folk s'était tellement intéressé à elle. Le Don seul ne suffisait pas. Si le Magicien de Folk avait été un débutant dans la magie, il aurait pu être impressionné par la clarté avec laquelle le Don se manifestait chez la jeune fille. Mais il avait suffisamment vécu pour apprendre que n'importe qui possédait un Don ; il n'était plus sensible à ces pièges.

Elle se leva, alla jusqu'à la bibliothèque et prit son jeu de cartes préféré.

« Sais-tu les tirer ? » demanda-t-elle.

Brida secoua la tête affirmativement. Elle avait pris quelques cours, elle savait que les cartes que la femme tenait en main étaient un jeu de tarot, avec ses soixante-dix-huit cartes. Elle avait appris quelques manières de les disposer, et elle se réjouit d'avoir une occasion de montrer ses connaissances.

Mais la femme garda le jeu. Elle mélangea les cartes, les posa sur la petite table en verre, les figures en dessous. Elle resta à les regarder dans cette position, complètement en désordre, une méthode différente de toutes celles que Brida avait apprises dans ses cours. Ensuite, elle prononça quelques mots dans une langue étrange et retourna une seule des cartes de la table.

C'était la carte numéro vingt-trois. Un roi de trèfle.

« Bonne protection, dit-elle. D'un homme puissant, fort, aux cheveux noirs. »

Son petit ami n'était ni puissant, ni fort. Et le Magicien avait les cheveux grisonnants.

« Ne pense pas à son aspect physique, dit Wicca, comme si elle devinait sa pensée. Pense à ton Autre Partie.

— Qu'est-ce que l'Autre Partie ? »

Brida était surprise par la femme. Elle lui inspirait un mystérieux respect, une sensation différente de celle qu'elle avait ressentie avec le Magicien, ou avec le libraire.

Wicca ne répondit pas à la question. Elle se remit à battre les cartes et de nouveau les étala en désordre sur la table – cette fois avec les figures retournées. La carte qui se trouvait au centre de cette apparente confusion était la carte numéro onze. La Force. Une femme qui écarte la gueule d'un lion.

Wicca retira la carte et pria Brida de la prendre. Elle s'exécuta, sans bien savoir ce qu'elle devait faire.

« Ton côté le plus fort a toujours été féminin dans d'autres incarnations, dit-elle.

— Qu'est-ce que l'Autre Partie ? » insista Brida. C'était la première fois qu'elle défiait cette femme. C'était cependant un défi plein de timidité.

Wicca resta un moment silencieuse. Un soupçon lui traversa l'esprit : le Magicien n'avait rien appris à cette jeune fille sur l'Autre Partie. « Sottise », se dit-elle. Et elle mit cette pensée de côté.

« L'Autre Partie est la première chose que l'on apprend lorsque l'on veut suivre la Tradition de la Lune, répondit-elle. Ce n'est qu'en comprenant l'Autre Partie que l'on saisit comment la connaissance peut se transmettre à travers le temps. »

Elle allait lui expliquer. Brida garda le silence, anxieuse.

« Nous sommes éternels, parce que nous sommes des manifestations de Dieu, reprit Wicca. C'est pourquoi nous passons par de nombreuses vies et de nombreuses morts, partant d'un point que personne ne connaît, et nous dirigeant vers un autre point inconnu également. Habitue-toi au fait que beaucoup de phénomènes dans la magie ne sont pas et ne seront jamais expliqués. Dieu a décidé de faire certaines choses d'une certaine manière, et la raison pour laquelle Il a fait cela est un secret que Lui seul connaît. »

« La Nuit Obscure de la foi », pensa Brida.

Elle existait aussi dans la Tradition de la Lune.

« Le fait est que cela arrive, continua Wicca. Et lorsque les gens pensent à la réincarnation, ils sont toujours confrontés à une question très difficile : si au commencement il y avait si peu d'êtres humains sur la Terre, et si aujourd'hui ils sont si nombreux, d'où sont venues ces nouvelles âmes ? »

Brida retenait son souffle. Elle s'était déjà posé cette question maintes fois.

« La réponse est simple, dit Wicca, après qu'elle eut savouré quelque temps l'inquiétude de la jeune fille. Dans certaines réincarnations, nous nous divisons. Comme les cristaux et les étoiles, comme les cellules et les plantes, nos âmes aussi se divisent.

« Notre âme se transforme en deux, ces nouvelles âmes se transforment en deux autres, et ainsi, en quelques générations, nous sommes éparpillés sur une bonne partie de la Terre.

— Et seule une de ces parties a conscience de qui elle est ? » demanda Brida. Elle avait encore beaucoup de questions, mais elle voulait les poser une par une ; celle-là lui semblait la plus importante.

« Nous faisons partie de ce que les alchimistes appellent *Anima Mundi*, l'*Alma Mundi*, l'Âme du Monde, dit Wicca, sans répondre à Brida. En vérité, si l'*Anima Mundi* ne faisait que se diviser, elle croîtrait, mais elle s'affaiblirait aussi de plus en plus. Alors, de même que nous nous divisons, nous nous retrouvons. Et ces retrouvailles se nomment Amour. Car lorsqu'une âme se divise, elle se divise toujours en une partie masculine et une partie féminine.

« C'est expliqué ainsi dans le livre de la Genèse : l'âme d'Adam s'est divisée, et Ève est née de lui. »

Wicca s'arrêta brusquement, et contempla le jeu de cartes éparpillé sur la table.

« Il y a beaucoup de cartes, poursuivit-elle, mais elles font partie du même jeu. Pour comprendre leur message, toutes nous sont nécessaires, toutes sont également importantes. Il en va de même des âmes. Les êtres humains sont tous liés entre eux, comme les cartes de ce jeu.

« Dans chaque vie, nous avons la mystérieuse obligation de retrouver, au moins, une de ces Autres Parties. Le Grand Amour, qui les a séparées, se réjouit de l'Amour qui les réunit.

— Et comment puis-je savoir que c'est mon Autre Partie ? » Cette interrogation lui semblait l'une des plus importantes de toute sa vie.

Wicca se mit à rire. Elle aussi s'était interrogée à ce sujet, avec la même angoisse que la jeune fille qui se trouvait devant elle. Il était possible de reconnaître son Autre Partie à l'étincelle dans ses yeux – c'était ainsi, depuis le commencement des temps, que les gens reconnaissaient leur véritable amour. La Tradition de la Lune avait une méthode différente : une sorte de vision qui montrait un point lumineux situé au-dessus de l'épaule gauche de l'Autre Partie. Mais elle ne le lui dirait pas encore ; peut-être apprendrait-elle à voir ce point, peut-être pas. Bientôt elle aurait la réponse.

« En prenant des risques, répondit-elle à Brida. En courant le risque de l'échec, des déceptions, des désillusions, mais en ne cessant jamais de chercher l'Amour. Celui qui ne renonce pas à cette quête est gagnant. »

Brida se souvint que le Magicien lui avait tenu des propos semblables, en parlant du chemin de la magie. « Ce n'est peut-être qu'une seule et même chose », pensa-t-elle.

Wicca commença à ramasser les cartes sur la table, et Brida pressentit qu'elle voulait clore l'entretien. Pourtant, elle avait encore une autre question à poser.

« Pouvons-nous rencontrer plus d'une Autre Partie dans chaque vie ? »

« Oui, pensa Wicca, avec une certaine amertume. Et quand cela arrive, le cœur est divisé et il en résulte douleur et souffrance. Oui, nous pouvons rencontrer trois ou quatre Autres Parties, parce que nous sommes nombreux et que nous sommes très dispersés. »

La jeune fille posait les bonnes questions, et elle devait les éluder.

« L'essence de la Création est unique, dit-elle. Et cette essence se nomme Amour. L'Amour est la force qui nous réunit de nouveau, pour condenser l'expérience éparpillée en de nombreuses vies, en de nombreux endroits du monde.

« Nous sommes responsables de la Terre entière, parce que nous ne savons pas où se trouvent les Autres Parties que nous avons été depuis le commencement des temps ; si elles ont connu le bonheur, nous serons heureux aussi. Si elles ont été malheureuses, nous souffrirons, même inconsciemment, d'une parcelle de cette douleur. Mais, surtout, nous avons la responsabilité de rejoindre de nouveau, au moins une fois dans chaque incarnation, l'Autre Partie qui assurément viendra croiser notre chemin. Même si ce n'est que pour quelques instants ; car ces instants apportent un Amour si intense qu'il donne une justification au reste de nos jours. »

Le chien aboya dans la cuisine. Wicca finit de ramasser le jeu de cartes sur la table et regarda encore une fois Brida.

« Nous pouvons aussi laisser passer notre Autre Partie, sans l'accepter ni même la découvrir. Alors nous aurons besoin d'une autre incarnation pour la rencontrer.

« Et, à cause de notre égoïsme, nous serons condamnés au pire supplice que nous nous soyons inventé : la solitude. »

Wicca se leva et accompagna Brida jusqu'à la porte.

« Tu n'es pas venue jusqu'ici pour savoir ce qu'est l'Autre Partie, dit-elle, avant de prendre congé. Tu as un Don, et quand je saurai de quel Don il s'agit, peut-être pourrai-je t'enseigner la Tradition de la Lune. »

Brida se sentit spéciale. Elle avait besoin de cette sensation ; cette femme inspirait un respect qu'elle avait ressenti pour peu de gens.

« Je ferai mon possible. Je veux apprendre la Tradition de la Lune. »

« Parce que la Tradition de la Lune n'a pas besoin de forêts obscures », pensa-t-elle.

« Fais bien attention, petite, dit Wicca sévèrement. Tous les jours, à partir d'aujourd'hui, à une même heure que tu vas choisir, reste seule et dépose un jeu de tarot sur la table. Ouvre-le au hasard, et ne cherche pas à comprendre. Contente-toi de contempler les cartes. Au moment voulu, elles t'enseigneront tout ce que tu dois savoir. »

« Cela ressemble à la Tradition du Soleil ; de nouveau je suis mon propre professeur », pensa Brida, tandis qu'elle descendait l'escalier. Et ce n'est que dans le bus qu'elle se rendit compte que la femme avait parlé d'un Don. Mais elle pourrait le lui rappeler lors d'une prochaine rencontre.

Pendant une semaine, Brida consacra une demi-heure par jour à étaler son jeu de cartes sur la table du salon. Elle s'habituait à se coucher à dix heures du soir et à régler le réveil pour une heure du matin. Elle se levait, faisait un rapide café et s'asseyait pour contempler les cartes, cherchant à comprendre leur langage secret.

La première nuit fut pleine d'excitation. Convaincue que Wicca lui avait transmis une espèce de rituel, Brida s'efforça de disposer les cartes exactement comme celle-ci l'avait fait, certaine que des messages occultes finiraient par se révéler. Au bout d'une demi-heure, à part quelques petites visions qu'elle considéra comme les fruits de son imagination, rien de particulier ne se produisit.

Brida répéta la même chose la deuxième nuit. Wicca lui avait dit que les cartes allaient lui raconter leur propre histoire et – à en juger par les cours qu'elle avait fréquentés – c'était une histoire très ancienne, vieille de plus de trois mille ans, du temps où les hommes étaient encore proches de la sagesse originelle.

« Les dessins paraissent si simples », pensait-elle. Une femme ouvrant la gueule d'un lion, un char tiré par deux animaux mystérieux, un homme derrière une table remplie d'objets. Elle avait appris que ce jeu de cartes était un livre – un livre dans lequel la Sagesse divine a annoté les principaux changements de l'homme au cours de son voyage dans la vie. Mais son auteur, sachant que l'humanité se souvenait plus facilement du vice que de la vertu, a fait en sorte que le livre sacré fût transmis à travers les générations sous la forme d'un jeu. Les cartes étaient une invention des dieux.

« Cela ne peut pas être aussi simple », pensait Brida, chaque fois qu'elle étalait les cartes sur la table. Elle connaissait des méthodes compliquées, des systèmes élaborés, et ces cartes en désordre commencèrent aussi à créer le désordre dans sa réflexion.

La sixième nuit, elle jeta toutes les cartes par terre, exaspérée. Elle pensa un moment que son geste avait quelque inspiration magique, mais les résultats furent également nuls ; seulement quelques intuitions qu'elle ne parvenait pas à définir, et qu'elle considérait toujours comme le fruit de son imagination.

En même temps, l'idée de l'Autre Partie ne lui sortait pas de la tête, ne fût-ce qu'une minute. Au début, elle pensa qu'elle retrouvait son adolescence, les rêves du Prince charmant qui traversait montagnes et vallées pour aller chercher la propriétaire d'un soulier de cristal, ou pour embrasser la Belle au bois dormant. « Les contes de fées parlent toujours de l'Autre Partie », se disait-elle en riant. Les contes de fées avaient été sa première plongée dans l'univers magique où elle était maintenant impatiente de pénétrer, et elle se demanda plusieurs fois pourquoi les gens finissaient par s'éloigner autant de ce monde, alors qu'ils connaissaient les joies immenses que l'enfance laissait dans leurs vies.

« Peut-être parce que la joie ne les satisfait pas. »

Elle trouva sa phrase un peu absurde, mais la consigna dans son journal comme si c'était une découverte.

Au bout d'une semaine avec l'idée de l'Autre Partie dans la tête, Brida fut peu à peu possédée par une sensation terrifiante : le risque de choisir un homme qui ne serait pas le bon. La neuvième nuit, en se réveillant une fois encore pour contempler les cartes sans le moindre résultat, elle décida d'inviter son petit ami à dîner le lendemain.

Elle choisit un restaurant bon marché, car il insistait toujours pour régler l'addition – bien que son salaire d'assistant en physique à l'université fût bien inférieur à ce qu'elle gagnait comme secrétaire. C'était encore l'été, et ils s'installèrent à l'une des tables que le restaurant disposait sur le trottoir, au bord de la rivière.

« Je voudrais savoir quand les esprits vont me permettre de dormir de nouveau avec toi », dit Lorens, de bonne humeur.

Brida le regarda tendrement. Elle l'avait prié de ne pas venir chez elle pendant quinze jours, et il avait accepté, se contentant de protester suffisamment pour qu'elle comprît combien il l'aimait. Lui aussi, à sa manière, cherchait à découvrir les mystères de l'Univers ; si un jour il lui demandait de rester quinze jours à l'écart, elle le ferait.

Ils dînèrent sans se presser et sans beaucoup parler, regardant les barques qui traversaient la rivière et les gens qui se promenaient sur la chaussée. La bouteille de vin blanc qui se trouvait sur la table fut vite consommée et une autre la remplaça aussitôt. Une demi-heure plus tard, les deux chaises s'étaient rapprochées, et ils regardaient, enlacés, le ciel d'été étoilé.

« Observe ce ciel, dit Lorens, caressant les cheveux de la jeune fille. Nous sommes en train de regarder un ciel qui a des milliers d'années. »

Il le lui avait dit le jour de leur rencontre. Mais Brida ne voulut pas l'interrompre – c'était sa manière à lui de partager son monde avec elle.

« Beaucoup de ces étoiles se sont déjà éteintes, et pourtant leurs lumières parcourent encore l'Univers. D'autres étoiles sont nées au loin et leurs lumières ne sont pas encore parvenues jusqu'à nous.

— Alors personne ne sait comment est vraiment le ciel ? »

Elle avait aussi posé cette question le premier soir. Mais il était bon de répéter des moments aussi délicieux.

« Nous ne le savons pas. Nous étudions ce que nous voyons, et ce que nous voyons n'est pas toujours ce qui existe.

— Je voudrais te demander quelque chose. De quelle matière sommes-nous faits ? D'où sont venus ces atomes qui forment notre corps ? »

Lorens répondit, regardant le ciel immémorial :

« Ils ont été créés en même temps que ces étoiles et cette rivière que tu vois. À la première seconde de l'Univers.

— Alors, après ce premier moment de Création, plus rien n'a été ajouté ?

— Plus rien. Tout a bougé et bouge encore. Tout s'est transformé et continue de l'être. Mais toute la matière de l'Univers est la même qu'il y a des milliards d'années. Sans que le plus petit atome n'y ait été ajouté. »

Brida resta à regarder le mouvement de la rivière et des étoiles. Il était facile de voir la rivière couler sur la Terre, mais il était difficile de distinguer les étoiles se déplaçant dans le ciel. Pourtant, tout cela bougeait.

« Lorens, dit-elle enfin, après un long moment où tous deux avaient gardé le silence, regardant passer un bateau. Laisse-moi te poser une question qui peut paraître absurde : est-il physiquement possible que les atomes qui composent mon corps se soient trouvés dans le corps de quelqu'un qui a vécu avant moi ? »

Lorens la regarda, étonné.

« Que veux-tu savoir ?

— Seulement ce que je t'ai demandé. Est-ce possible ?

— Ils peuvent se trouver dans les plantes, dans les insectes, ils peuvent s'être transformés en molécules de glace et être à des millions de kilomètres de la Terre.

— Mais est-il possible que les atomes du corps de quelqu'un qui est mort se trouvent dans mon corps et dans le corps d'une autre personne ? »

Il resta silencieux un certain temps.

« Oui, c'est possible », répondit-il enfin.

Une musique commença à retentir au loin. Elle venait d'une grande barque qui traversait la rivière et, malgré la distance, Brida distinguait la silhouette d'un marin dans l'encadrement de la fenêtre éclairée. C'était une musique qui lui rappelait son adolescence et ressuscitait les bals de l'école, l'odeur de sa chambre, la couleur du ruban avec lequel elle attachait sa queue-de-cheval. Brida se rendit compte que Lorens n'avait jamais pensé à ce qu'elle venait de lui demander, et peut-être à ce moment cherchait-il à savoir si dans son corps il y avait des atomes de guerriers vikings, d'explosions volcaniques, d'animaux préhistoriques mystérieusement disparus.

Mais elle pensait à autre chose. Ce qu'elle désirait savoir avant tout, c'était si l'homme qui la serrait tendrement dans ses bras avait été, un jour, une partie d'elle-même.

La barque se rapprocha et sa musique commença à remplir toute l'atmosphère alentour. Aux autres tables, la conversation s'interrompit aussi, chacun cherchant à découvrir d'où venait ce son, qui leur rappelait leur adolescence, les bals de l'école, et leurs rêves d'histoires de guerriers et de fées.

« Je t'aime, Lorens. »
Et Brida désira que dans ce garçon qui savait tant de choses sur la lumière des étoiles, il y eût un peu de la personne qu'elle avait été un jour.

« Je n'y arriverai pas. »

Brida s'assit sur le lit et chercha le paquet de cigarettes sur la table de nuit. À l'encontre de toutes ses habitudes, elle décida de fumer à jeun.

Il lui restait deux jours avant de retrouver Wicca. Pendant ces deux semaines, elle était certaine d'avoir donné le meilleur d'elle-même. Elle avait placé tous ses espoirs dans le procédé que cette femme belle et mystérieuse lui avait enseigné, et lutté sans cesse pour ne pas la décevoir ; mais le jeu de cartes s'était refusé à révéler son secret.

Au cours des trois nuits précédentes, chaque fois qu'elle terminait l'exercice, elle avait envie de pleurer. Elle était sans protection, seule, et elle avait la sensation qu'une grande occasion lui échappait. Encore une fois elle sentait que la vie ne la traitait pas comme les autres : elle lui donnait toutes les opportunités pour qu'elle puisse atteindre son objectif, et quand elle était près du but, le sol s'ouvrait et elle était engloutie. Les choses s'étaient passées ainsi pour ses études, avec plusieurs petits amis, certains rêves que jamais elle n'avait partagés avec d'autres. Et il en était ainsi pour le chemin qu'elle voulait parcourir.

Elle pensa au Magicien ; lui pourrait peut-être l'aider. Mais elle s'était promis qu'elle ne retournerait à Folk que lorsqu'elle comprendrait suffisamment la magie pour l'affronter.

Et maintenant, il semblait que cela n'arriverait jamais.

Elle resta longtemps au lit avant de se lever et de préparer le petit-déjeuner. Enfin elle s'arma de courage et décida d'affronter encore un jour, encore une « Nuit Obscure quotidienne », comme elle avait coutume de l'appeler depuis son expérience dans la forêt. Elle prépara le café, regarda sa montre et vit qu'elle avait le temps.

Elle alla jusqu'à la bibliothèque et chercha, parmi les livres, le papier que lui avait donné le libraire. Il y avait d'autres chemins, se consolait-elle. Si elle avait réussi à aller jusqu'au Magicien, puis jusqu'à Wicca, elle finirait par atteindre la personne capable de lui procurer ses enseignements de manière compréhensible.

Mais elle savait que ce n'était qu'une excuse.

« Je ne cesse de renoncer à tout ce que j'entreprends », pensa-t-elle avec une certaine amertume. Peut-être que bientôt la vie commencerait à s'en apercevoir et cesserait de lui offrir des occasions comme dans le passé. Ou peut-être qu'en abdiquant ainsi dès le début, elle épuiserait toutes les voies sans même faire un pas.

Mais elle était ainsi, et elle se sentait de plus en plus faible, de plus en plus figée. Quelques années plus tôt, elle regrettait ses attitudes et était encore capable de certains gestes d'héroïsme ; maintenant elle s'accommodait de ses propres défauts. Elle connaissait d'autres personnes dans ce cas, qui s'habituaient à leurs défauts et les confondaient très vite avec des vertus. Il était trop tard alors pour changer de vie.

Elle pensa ne pas appeler Wicca, simplement disparaître. Mais il y avait la librairie, et elle n'aurait pas le courage d'y retourner. Si elle disparaissait, le libraire la négligerait la prochaine fois. « Très souvent, à cause d'un geste irréfléchi à l'égard d'une personne, j'ai fini par me couper d'autres êtres qui m'étaient chers. » Cette fois, ce n'était pas possible. Elle se trouvait sur un chemin où les contacts importants étaient rares et difficiles.

Elle s'arma de courage et composa le numéro qui figurait sur le papier. Wicca répondit.

« Je ne pourrai pas venir demain, dit Brida.

— Ni toi, ni le plombier », répondit Wicca. Brida mit quelques instants à comprendre ce qu'elle lui disait.

Alors Wicca commença à se plaindre, expliquant qu'il y avait une fuite dans l'évier de sa cuisine, qu'elle avait déjà appelé plusieurs fois un homme pour la réparer et qu'il ne venait pas. S'ensuivit une longue litanie à propos des immeubles anciens, magnifiques mais source de problèmes insolubles.

« As-tu ton tarot près de toi ? » demanda Wicca, au milieu de l'histoire du plombier.

Brida, surprise, répondit par l'affirmative. Wicca la pria d'étaler les cartes sur la table afin de lui enseigner une méthode de jeu qui lui dévoilerait si le plombier viendrait ou non le lendemain matin.

Brida, de plus en plus surprise, s'exécuta. Elle étala les cartes et regarda, absente, vers la table, tandis qu'elle attendait les instructions à l'autre bout du fil. Le courage d'expliquer le motif de son appel s'évanouissait peu à peu.

Wicca ne cessait de parler, et Brida décida de l'écouter patiemment. Peut-être parviendrait-elle à devenir son amie. Peut-être, alors, serait-elle plus tolérante et lui enseignerait-elle des méthodes plus faciles pour découvrir la Tradition de la Lune.

Cependant, Wicca passait d'un sujet à un autre. Après s'être plainte des plombiers, elle se mit à lui raconter la discussion qu'elle avait eue, un peu plus tôt, avec le syndic de l'immeuble à propos du salaire du gardien. Ensuite, elle passa à des considérations sur les pensions que l'on versait aux retraités.

Brida accompagnait tout cela de murmures d'assentiment. Elle acquiesçait à tout ce qu'elle lui disait, mais elle n'arrivait plus à prêter attention à rien. Un ennui mortel s'empara d'elle ; la conversation de cette femme qui lui était presque étrangère sur les plombiers, les gardiens et les retraités, à cette heure de la matinée, était une des choses les plus ennuyeuses qu'elle eût écoutée de toute sa vie. Elle tenta de se distraire avec les cartes étalées sur la table, regardant de petits détails qui lui avaient échappé précédemment.

De temps à autre, Wicca lui demandait si elle l'écoutait, et elle marmottait que oui. Mais son esprit était loin, il voyageait, traversant des lieux où elle n'était jamais allée. Chaque détail des cartes semblait la pousser plus profondément dans le voyage.

Soudain, comme quelqu'un qui pénètre dans un rêve, Brida sentit qu'elle n'écoutait plus ce que l'autre disait. Une voix, une voix qui semblait venir de l'intérieur d'elle-même – mais dont elle savait qu'elle venait du dehors –, commença à lui murmurer quelque chose. « Tu comprends ? » Brida acquiesçait. « En effet, tu comprends », dit la voix mystérieuse.

Mais cela n'avait pas la moindre importance. Le tarot devant elle se mit à montrer des scènes fantastiques : des hommes vêtus uniquement de pagnes, corps bronzés au soleil et couverts d'huile. Certains portaient des masques qui ressemblaient à d'énormes têtes de poisson. Des nuages traversaient le ciel à toute vitesse, comme si tout était pris dans un mouvement d'une rapidité extraordinaire, et la scène se changeait soudain en une place entourée d'édifices monumentaux, où des vieillards racontaient des secrets à de jeunes garçons. Il y avait du désespoir et de l'impatience dans le regard des vieux, comme si un savoir très ancien était sur le point de se perdre définitivement.

« Ajoute le sept et le huit et tu auras mon chiffre. Je suis le démon, et j'ai signé le livre », dit un garçon vêtu d'un costume médiéval, après que la scène se fut transformée en une sorte de fête. Quelques hommes et femmes souriaient, et ils étaient ivres. Les scènes devinrent des temples enclavés dans des rochers sur le bord de la mer, et le ciel commença à se couvrir de nuages noirs, d'où sortaient des rayons très brillants.

Apparut une porte. C'était une lourde porte, comme celle d'un vieux château. La porte se rapprochait de Brida, et elle devina qu'elle allait bientôt réussir à l'ouvrir.

« Reviens », dit la voix.

« Reviens, reviens », dit la voix au téléphone. C'était Wicca. Brida fut irritée qu'elle interrompît une expérience aussi fantastique pour se remettre à parler de gardiens et de plombiers.

« Un moment », répondit-elle. Elle luttait pour retourner à cette porte, mais tout avait disparu devant elle.

« Je sais ce qui s'est passé », dit Wicca.

Brida était en état de choc. Stupéfaite, elle n'y comprenait rien.

« Je sais ce qui s'est passé, répéta Wicca, devant le silence de Brida. Je ne vais plus parler du plombier ; il est venu ici la semaine dernière et il a tout réparé. »

Avant de raccrocher, elle dit qu'elle l'attendait à l'heure convenue.

Brida reposa le combiné, sans dire au revoir. Elle resta encore très longtemps à regarder fixement le mur de sa cuisine, puis elle éclata en pleurs convulsifs et apaisants.

« C'était un truc », dit Wicca à une Brida effrayée, quand elles se furent toutes deux installées dans les fauteuils italiens.

« Je sais ce que tu dois ressentir, poursuivit-elle. Nous nous engageons parfois sur un chemin seulement parce que nous ne croyons pas en lui. Alors c'est facile : tout ce que nous avons à faire, c'est prouver qu'il n'est pas notre chemin.

« Cependant, quand les choses se précisent et que le chemin se révèle à nous, nous avons peur d'aller plus loin. »

Wicca ajouta qu'elle ne comprenait pas pourquoi beaucoup préfèrent passer leur vie entière à détruire les chemins qu'ils ne désirent pas parcourir, plutôt que de suivre le seul qui les conduirait quelque part.

« Je ne peux pas croire que c'était un truc », dit Brida. Elle n'avait plus cet air d'arrogance et de défi. Son respect pour cette femme avait considérablement augmenté.

« La vision n'était pas un truc. Le truc auquel je fais allusion, c'était celui du téléphone.

« Pendant des millions d'années, l'homme a toujours parlé avec quelqu'un qu'il pouvait voir.

Soudain, en un siècle à peine, le "voir" et le "parler" ont été séparés. Nous pensons que nous sommes habitués à ce phénomène, et nous ne percevons pas l'immense impact qu'il a eu sur nos réflexes. Notre corps n'est tout simplement pas encore habitué.

« Ainsi, lorsque nous parlons au téléphone, nous parvenons à un état très proche de certaines transes magiques. Notre esprit entre dans une autre fréquence, devient plus réceptif au monde invisible. Je connais des sorcières qui ont toujours un papier et un crayon près du téléphone ; elles griffonnent des choses apparemment dépourvues de sens pendant qu'elles parlent avec quelqu'un. Quand elles raccrochent, ce qu'elles ont griffonné, ce sont généralement des symboles de la Tradition de la Lune.

— Et pourquoi le tarot s'est-il révélé à moi ?

— C'est le grand problème de celui qui désire étudier la magie, répondit Wicca. Quand nous nous engageons dans le chemin, nous avons toujours une idée plus ou moins définie de ce que nous voulons trouver. Les femmes en général recherchent l'Autre Partie, les hommes le Pouvoir. Ni les uns ni les autres ne désirent apprendre : ils veulent arriver au but qu'ils se sont fixé.

« Mais le chemin de la magie – comme, en général, le chemin de la vie – est et sera toujours le chemin du Mystère. Apprendre signifie entrer en contact avec un monde dont on n'a pas la moindre idée. Il faut être humble pour apprendre.

— C'est s'enfoncer dans la Nuit Obscure, dit Brida.

— Ne m'interromps pas. »

La voix de Wicca laissait paraître une irritation contenue. Brida sentit que ce n'était pas à cause de son commentaire ; en fin de compte, elle avait raison. « Peut-être est-elle irritée contre le Magicien », pensa-t-elle. Peut-être avait-elle été amoureuse de lui un jour. Ils avaient tous les deux plus ou moins le même âge.

« Excuse-moi, dit-elle.

— Cela n'a pas d'importance. »

Wicca, elle aussi, semblait surprise de sa réaction.

« Tu me parlais du tarot.

— Quand tu disposais les cartes sur la table, tu avais toujours une idée de ce qui allait se passer. Tu n'as jamais laissé les cartes raconter leur histoire ; tu essayais de faire en sorte qu'elles confirment ce que tu imaginais savoir.

« Quand nous avons commencé à parler au téléphone, je m'en suis rendu compte. J'ai compris aussi qu'il y avait là un signe, et que le téléphone était mon allié. J'ai amorcé une conversation ennuyeuse, et je t'ai prié de regarder les cartes. Tu es entrée dans la transe que le téléphone provoque et les cartes t'ont menée vers leur monde magique. »

Wicca lui conseilla de toujours observer les yeux des gens qui parlent au téléphone. Ils avaient alors un regard très intéressant.

« Je voudrais te poser une autre question », dit Brida, tandis qu'elles prenaient toutes les deux le thé. La cuisine de Wicca était étonnamment moderne et fonctionnelle.

« Je veux savoir pourquoi tu ne m'as pas laissée abandonner le chemin. »

« Parce que je veux comprendre ce qu'a vu le Magicien en plus de ton Don », pensa Wicca.

« Parce que tu as un Don, répondit-elle.

— Comment sais-tu que j'en ai un ?

— C'est simple. À tes oreilles. »

« À mes oreilles ! Quelle déception, se dit Brida. Et moi qui pensais qu'elle voyait mon aura. »

« Tout le monde a un Don. Mais certains naissent avec ce Don très développé, tandis que d'autres – moi, par exemple – doivent beaucoup lutter pour le développer.

« Les gens qui ont le Don à la naissance ont les lobes des oreilles petits et collés à la tête. »

Instinctivement, Brida toucha ses oreilles. C'était vrai.

« As-tu une voiture ? »

Brida répondit que non.

« Alors prépare-toi à dépenser une grosse somme d'argent en taxi, dit Wicca en se levant. L'heure est venue de faire le pas suivant. »

« Tout va très vite », pensa Brida, tandis qu'elle se levait. La vie ressemblait aux nuages qu'elle avait vus dans sa transe.

Au milieu de l'après-midi, elles arrivèrent près de montagnes qui se trouvaient à une trentaine de kilomètres au sud de Dublin. « Nous aurions pu faire ce trajet en bus », protesta Brida mentalement, tandis qu'elle payait le taxi. Wicca avait apporté avec elle un sac contenant quelques vêtements.

« Si vous voulez, j'attends, dit le chauffeur. Vous aurez du mal à trouver un autre taxi ici. Nous sommes à mi-chemin.

— Ne vous inquiétez pas, répondit Wicca, au grand soulagement de Brida. Nous trouvons toujours ce que nous voulons. »

Le chauffeur regarda les deux femmes d'un air bizarre et fit démarrer la voiture. Elles étaient devant un bois d'eucalyptus, qui s'étendait jusqu'au pied de la montagne la plus proche.

« Demande la permission d'entrer, dit Wicca. Les esprits de la forêt aiment les politesses. »

Brida demanda la permission. Le bois, qui auparavant n'était qu'un bois ordinaire, sembla prendre vie.

« Sois toujours sur le pont entre le visible et l'invisible, dit Wicca, tandis qu'elles marchaient au milieu des eucalyptus. Tout dans l'Univers a une vie, efforce-toi d'être toujours en contact avec cette Vie. Elle comprend ton langage. Et le monde commence à acquérir pour toi une importance différente. »

Brida était surprise par l'agilité de Wicca. Ses pieds semblaient léviter au-dessus du sol, presque sans faire de bruit.

Elles atteignirent une clairière, près d'une énorme pierre. Tandis qu'elle se demandait comment était apparue cette pierre, Brida remarqua les restes d'un feu en plein centre de l'espace ouvert.

L'endroit était beau. On était encore loin de la tombée du jour, et le soleil avait la couleur typique des après-midi d'été. Des oiseaux chantaient, une brise légère faisait frémir le feuillage des arbres. Elles se trouvaient sur une hauteur, et Brida apercevait l'horizon, en contrebas.

Wicca prit dans le sac une tunique orientale, qu'elle mit par-dessus ses vêtements. Ensuite elle porta le sac près des arbres, afin qu'il ne fût pas visible de la clairière.

« Assieds-toi », dit-elle.

Wicca était différente. Brida n'aurait pas su expliquer si cela venait du vêtement, ou du profond respect que l'endroit inspirait.

« Avant tout, je dois expliquer ce que je vais faire. Je vais découvrir comment le Don se manifeste en toi. Je ne pourrai t'enseigner quelque chose que si j'en sais un peu plus sur ton Don. »

Wicca pria Brida de se détendre, de s'abandonner à la beauté de l'endroit, de la même manière qu'elle s'était laissé dominer par le tarot.

« À un certain moment de tes vies passées, tu t'es déjà trouvée sur le chemin de la magie. Je le sais par les visions du tarot que tu m'as décrites. »

Brida ferma les yeux, mais Wicca lui demanda de les rouvrir.

« Les lieux magiques sont toujours beaux, et ils méritent qu'on les contemple. Ce sont des sources, des montagnes, des forêts, où les esprits de la Terre ont l'habitude de jouer, de sourire et de parler aux hommes. Tu es dans un lieu sacré, et il te montre les oiseaux et le vent. Remercie Dieu pour cela ; pour les oiseaux, pour le vent, et pour les esprits qui peuplent cet endroit. Sois toujours sur le pont entre le visible et l'invisible. »

La voix de Wicca l'apaisait de plus en plus. Elle avait un respect quasi religieux pour ce moment.

« L'autre jour, je t'ai parlé de l'un des plus grands secrets de la magie : l'Autre Partie. Toute la vie de l'homme sur la Terre se résume à ceci : rechercher son Autre Partie. Peu importe qu'il fasse semblant de courir après la sagesse, l'argent ou le pouvoir. Tout ce qu'il obtient sera incomplet si, en même temps, il ne réussit pas à rencontrer son Autre Partie.

« Quelques rares créatures qui descendent des anges ont certes besoin de la solitude pour rencontrer Dieu. Mais les autres humains ne peuvent atteindre l'union avec Dieu que si à un certain moment, à un certain instant de leur vie, ils ont réussi à communier avec leur Autre Partie. »

Brida remarqua une étrange énergie dans l'air. Pendant quelques instants, ses yeux s'emplirent de larmes sans qu'elle puisse expliquer pourquoi.

« Dans la Nuit des Temps, quand nous avons été séparés, une des parties a été chargée de conserver la connaissance : l'homme. Il a alors compris l'agriculture, la nature et les mouvements des astres dans le ciel. La connaissance a toujours été le pouvoir qui a maintenu l'Univers à sa place, et fait que les étoiles continuent de tourner sur leurs orbites. Ce fut la gloire de l'homme : conserver la connaissance. Et cela a permis à la race entière de survivre.

« À nous, les femmes, fut confiée une capacité plus subtile, beaucoup plus fragile, mais sans laquelle toute la connaissance n'a aucun sens : la transformation. Les hommes rendaient le sol fertile, nous semions, et ce sol donnait des arbres et des plantes.

« Le sol a besoin de la semence, et la semence a besoin du sol. L'un n'a de sens qu'avec l'autre. Il en va de même pour les êtres humains. Quand la connaissance masculine s'unit à la transformation féminine, naît la grande union magique, qui a pour nom Sagesse.

« La sagesse, c'est connaître et transformer. »

Brida commença à sentir un vent plus violent et comprit que la voix de Wicca la faisait de nouveau entrer en transe. Les esprits de la forêt semblaient vivants et attentifs.

« Allonge-toi », dit Wicca.

Brida se pencha en arrière et étendit les jambes. Au-dessus d'elle brillait un profond ciel bleu, sans nuages.

« Va à la recherche de ton Don. Je ne peux pas t'accompagner aujourd'hui, mais va sans crainte. Plus tu te connaîtras, mieux tu comprendras le monde.

« Et plus proche tu seras de ton Autre Partie. »

Wicca se baissa et regarda la jeune fille qui se trouvait devant elle. « Pareille à celle que j'ai été un jour, pensa-t-elle avec tendresse. Cherchant un sens à tout, et capable de voir le monde comme les femmes d'autrefois, qui étaient fortes et confiantes, et qui n'étaient pas fâchées de régner sur leurs communautés. »

À cette époque, cependant, Dieu était femme. Wicca se pencha sur le corps de Brida et déboucla sa ceinture. Puis elle baissa un peu la fermeture Éclair du jean. Les muscles de Brida se tendirent.

« Ne t'inquiète pas », dit Wicca tendrement.

Elle souleva un peu le T-shirt de la jeune fille, pour que son nombril soit exposé. Alors elle prit dans la poche de son manteau un cristal de quartz et le posa dessus.

« Maintenant je veux que tu fermes les yeux, dit-elle doucement. Je veux que tu imagines la couleur du ciel, mais les yeux fermés. »

Elle retira du manteau une petite améthyste, et la posa entre les yeux fermés de Brida.

« Suis exactement ce que je te dirai à partir de maintenant. Ne t'inquiète plus de rien.

« Tu es au milieu de l'Univers. Tu peux voir les étoiles autour de toi, et certaines planètes plus brillantes. Tu sens ce paysage comme quelque chose qui t'enveloppe complètement, et non comme un tableau devant toi. Tu ressens du plaisir en contemplant cet Univers ; plus rien ne peut te préoccuper. Tu es concentrée uniquement sur ton plaisir. Sans culpabilité. »

Brida vit l'Univers étoilé et sentit qu'elle était capable d'y entrer, en même temps qu'elle écoutait la voix de Wicca. Celle-ci lui demanda de voir, au milieu de l'Univers, une gigantesque cathédrale. Brida vit une cathédrale gothique, aux pierres sombres, et qui, aussi absurde que cela pût paraître, semblait faire partie de l'Univers qui l'entourait.

« Va jusqu'à la cathédrale. Monte les marches. Entre. »

Brida fit ce que Wicca ordonnait. Elle monta les marches, sentant ses pieds nus fouler la dalle froide. À un certain moment, elle eut l'impression qu'elle était suivie, et la voix de Wicca semblait venir d'une personne qui se serait trouvée derrière elle. « C'est mon imagination », pensa Brida, et soudain elle se rappela qu'il fallait croire au pont entre le visible et l'invisible. Elle ne devait pas avoir peur d'être déçue, ni d'échouer.

Brida était maintenant devant le portail de la cathédrale. C'était une porte gigantesque, travaillée dans le métal, ornée de dessins représentant la vie des saints, complètement différente de celle qu'elle avait vue au cours de son voyage dans le tarot.

« Ouvre la porte. Entre. »

Brida sentit le métal froid dans ses mains. Malgré sa dimension, la porte s'ouvrit sans le moindre effort. Elle entra dans une immense cathédrale.

« Observe tout ce que tu vois », dit Wicca. Brida remarqua que malgré l'obscurité extérieure beaucoup de lumière entrait par les immenses vitraux. Elle arrivait à distinguer les bancs, les autels latéraux, les colonnes sculptées et quelques cierges allumés. Pourtant, tout paraissait un peu à l'abandon ; les bancs étaient couverts de poussière.

« Marche vers la gauche. Quelque part tu vas trouver une autre porte, mais très petite cette fois. »

Brida traversa la cathédrale. Ses pieds nus foulaient la poussière du sol, ce qui provoquait une sensation désagréable. Quelque part, une voix amie la guidait. Elle savait que c'était Wicca, mais elle savait aussi qu'elle ne contrôlait plus son imagination. Elle était consciente et néanmoins elle ne parvenait pas à lui désobéir.

Elle trouva la porte.

« Entre. Il y a un escalier en colimaçon, qui descend. »

Brida dut se baisser pour entrer. Dans l'escalier, il y avait des torches accrochées au mur, qui illuminaient les marches. Le sol était propre ; quelqu'un était passé par là avant elle, pour allumer les torches.

« Tu vas à la rencontre de tes vies passées. Dans la cave de cette cathédrale se trouve une bibliothèque. Allons-y. J'attends au bout de l'escalier en colimaçon. »

Brida descendit pendant un temps qu'elle ne sut déterminer. La descente l'étourdit un peu. Dès qu'elle arriva en bas, elle trouva Wicca, avec son manteau. Maintenant c'était plus facile, elle était mieux protégée. Elle était dans sa transe.

Wicca ouvrit une autre porte, qui se trouvait au bout de l'escalier.

« Maintenant je vais te laisser seule ici. Je t'attendrai à l'extérieur. Choisis un livre, il te montrera ce que tu dois savoir. »

Brida ne se rendit même pas compte que Wicca restait derrière : elle contemplait les volumes poussiéreux. « Il faut que je revienne ici, nettoyer tout cela. » Le passé était sale et à l'abandon, et elle regrettait beaucoup de ne pas avoir lu tous ces livres plus tôt. Peut-être parviendrait-elle à rapporter vers sa vie quelques leçons importantes qu'elle avait oubliées.

Elle regarda les volumes qui se trouvaient dans la bibliothèque. « Comme j'ai vécu », pensa-t-elle. Elle devait être très vieille ; il lui fallait être plus savante. Elle aurait aimé tout relire, mais elle n'avait pas beaucoup de temps, et elle devait se fier à son intuition. Elle pourrait revenir quand elle le voudrait maintenant qu'elle avait appris le chemin.

Elle resta quelque temps sans savoir quelle décision prendre. Soudain, sans beaucoup réfléchir, elle choisit un volume et le prit. Ce n'était pas un volume très épais, et Brida s'assit sur le sol de la salle.

Elle mit le livre sur ses genoux, mais elle avait peur. Elle avait peur de l'ouvrir et qu'il ne se passe rien. Elle avait peur de ne pas réussir à lire ce qui était écrit.

« Je dois prendre des risques. Je ne dois pas avoir peur de la défaite », pensa-t-elle, en même temps qu'elle ouvrait le volume. Soudain, en regardant les pages, elle se sentit mal. Elle était de nouveau étourdie.

« Je vais m'évanouir », parvint-elle à penser, avant que tout ne s'obscurcît complètement.

Elle se réveilla, de l'eau ruisselant sur son visage. Elle avait fait un rêve très étrange, et elle ne savait pas ce qu'il signifiait ; c'étaient des cathédrales flottant dans l'air, et des bibliothèques pleines de livres. Elle n'était jamais entrée dans une bibliothèque.

« Loni, tu vas bien ? »

Non, elle n'allait pas bien. Elle ne sentait plus son pied droit, et elle savait que c'était mauvais signe. Elle n'avait pas non plus envie de parler, parce qu'elle ne voulait pas oublier le rêve.

« Loni, réveille-toi. »

C'était sans doute la fièvre qui la faisait délirer. Les délires paraissaient très vivants. Elle voulait qu'on cessât de l'appeler, parce que le rêve disparaissait sans qu'elle eût réussi à le comprendre.

Le ciel était couvert, et les nuages bas touchaient presque la plus haute tour du château. Elle regarda les nuages. Heureusement, elle ne pouvait pas voir les étoiles ; les prêtres disaient que même les étoiles n'étaient pas tout à fait favorables.

La pluie cessa peu après qu'elle eut ouvert les yeux. Loni était contente qu'il pleuve, cela signifiait que la citerne du château devait être remplie d'eau. Elle baissa lentement les yeux des nuages et vit de nouveau la tour, les bûchers dans la cour et la foule qui marchait d'un côté à l'autre, désorientée.

« Talbo », dit-elle tout bas.

Il la serra dans ses bras. Elle sentit le froid de son armure, l'odeur de suie dans ses cheveux.

« Combien de temps s'est écoulé ? Quel jour sommes-nous ?

— Voilà trois jours que tu ne t'es pas réveillée », dit Talbo.

Elle regarda Talbo et eut pitié de lui : il était amaigri, le visage sale, la peau sans vie. Mais rien de tout cela n'avait d'importance, elle l'aimait.

« J'ai soif, Talbo.

— Il n'y a pas d'eau. Les Français ont découvert le chemin secret. »

Elle écouta de nouveau les Voix dans sa tête. Pendant très longtemps, elle avait haï ces Voix. Son mari était un guerrier, un mercenaire qui combattait la plus grande partie de l'année, et elle redoutait que les Voix ne lui racontent qu'il était mort au cours d'une bataille. Elle avait découvert un moyen d'éviter que les Voix ne lui parlent : il lui suffisait de concentrer sa pensée sur un vieil arbre qui se trouvait près de son village. Alors les Voix se taisaient toujours.

Mais maintenant elle était trop faible, et les Voix étaient de retour.

« Tu vas mourir, dirent les Voix. Mais lui sera sauf. »

« Il a plu, Talbo, insista-t-elle. J'ai besoin d'eau.

— Ce n'étaient que quelques gouttes. Cela n'a servi à rien. »

Loni regarda de nouveau les nuages. Ils avaient été là toute la semaine, et ils n'avaient fait qu'éloigner le soleil, rendre l'hiver plus froid et le château plus sombre. Les catholiques français avaient peut-être raison. Dieu était peut-être de leur côté.

Quelques mercenaires s'approchèrent de l'endroit où ils se trouvaient. Partout il y avait des feux, et Loni éprouva la sensation d'être en enfer.

« Les prêtres réunissent tout le monde, commandant, dit l'un d'eux à Talbo.

— Nous avons été recrutés pour lutter, pas pour mourir, dit un autre.

— Les Français ont proposé la reddition, répondit Talbo. Ils ont dit que ceux qui se convertiraient de nouveau à la foi catholique pourraient partir sans être inquiétés. »

« Les parfaits ne vont pas accepter », murmurèrent les Voix à Loni. Elle le savait. Elle connaissait bien les parfaits. C'était à cause d'eux que Loni se trouvait là, et pas à la maison, où d'habitude elle attendait que Talbo revînt des batailles. Les parfaits étaient assiégés dans ce château depuis quatre mois, et les femmes du village connaissaient le chemin secret. Durant tout ce temps, elles avaient apporté la nourriture, les vêtements, les munitions ; durant tout ce temps, elles avaient pu retrouver leurs maris, et grâce à elles, il avait été possible de poursuivre la lutte. Mais le chemin secret était découvert, et maintenant elle ne pouvait pas rentrer. Les autres femmes non plus.

Elle tenta de s'asseoir. Son pied ne lui faisait plus mal. Les Voix lui disaient que c'était mauvais signe.

« Nous n'avons rien à voir avec leur Dieu. Nous ne mourrons pas pour cette cause, commandant », dit un autre.

Un gong résonna dans le château. Talbo se leva.

« Emmène-moi avec toi, je t'en prie », implorat-elle. Talbo regarda ses compagnons puis la femme qui tremblait devant lui. Pendant un moment, il ne sut quelle décision prendre ; ses hommes étaient habitués à la guerre, et ils savaient que les guerriers amoureux se cachent pendant une bataille.

« Je vais mourir, Talbo. Emmène-moi avec toi, je t'en prie. »

Un des mercenaires regarda le commandant.

« Ce n'est pas bien de la laisser ici toute seule, dit le mercenaire. Les Français peuvent encore attaquer. »

Talbo feignit d'accepter l'argument. Il savait que les Français n'allaient pas attaquer de nouveau ; il y avait une trêve, ils étaient en train de négocier la reddition de Montségur. Mais le mercenaire comprenait ce qui se passait dans le cœur de Talbo – lui aussi devait être un homme amoureux.

« Il sait que tu vas mourir », dirent les Voix à Loni, tandis que Talbo la prenait gentiment dans ses bras. Loni ne voulait pas écouter ce que les Voix disaient ; elle se rappelait un jour où ils se promenaient ainsi, traversant un champ de blé, un après-midi d'été. Cet après-midi-là, elle avait soif aussi, et ils avaient bu l'eau d'un ruisseau qui descendait de la montagne.

Une foule se rassembla près du grand roc qui se confondait avec la muraille occidentale de la forteresse de Montségur. C'étaient des hommes, des soldats, des femmes et de jeunes garçons. Il y avait dans l'air un silence oppressant, et Loni savait que ce n'était pas par respect pour les prêtres, mais par crainte de ce qui pourrait se passer.

Les prêtres arrivèrent. Ils étaient nombreux, leurs manteaux noirs ornés d'immenses croix jaunes brodées sur le devant. Ils s'assirent sur le rocher, sur les marches extérieures, sur le sol devant la tour. Le dernier qui apparut avait les cheveux complètement blancs, et il monta jusqu'à la partie la plus élevée de la muraille. Sa silhouette était illuminée par les flammes des bûchers, le vent secouait le manteau noir.

Lorsqu'il s'arrêta, en haut, presque tous les assistants s'agenouillèrent et, prosternés, frappèrent trois fois la tête sur le sol. Talbo et ses mercenaires restèrent debout ; ils n'avaient été recrutés que pour la lutte.

« Ils nous ont offert la reddition, dit le prêtre, du haut de la muraille. Tous sont libres de partir. »

Un soupir de soulagement parcourut la foule.

« Les âmes du Dieu étranger resteront dans le royaume de ce monde. Celles du vrai Dieu retourneront à son infinie miséricorde. La guerre continuera, mais ce n'est pas une guerre éternelle. Parce que le Dieu étranger sera vaincu à la fin, bien qu'il ait corrompu une partie des anges. Le Dieu étranger sera vaincu, et il ne sera pas détruit ; il restera en enfer pour toute l'éternité, avec les âmes qu'il a réussi à séduire. »

Les gens regardaient l'homme en haut de la muraille. Ils n'étaient plus aussi certains de désirer s'échapper et souffrir pour l'éternité.

« L'Église cathare est la vraie Église, continua le prêtre. Grâce à Jésus-Christ et au Saint-Esprit, nous sommes parvenus à la communion avec Dieu. Nous n'avons pas besoin de nous réincarner. Nous n'avons pas besoin de retourner dans le royaume du Dieu étranger. »

Loni remarqua que trois prêtres étaient sortis du groupe et avaient ouvert des bibles devant la foule.

« Le *consolamentum* sera dispensé maintenant à ceux qui veulent mourir avec nous. En bas, un bûcher nous attend. Ce sera une mort horrible, dans de grandes souffrances. Ce sera une mort lente, et la douleur des flammes brûlant notre chair n'est comparable à aucune de celles que vous avez pu connaître auparavant.

« Mais tous n'auront pas cet honneur ; seuls les vrais cathares. Les autres sont condamnés à la vie. »

Deux femmes s'approchèrent timidement des prêtres qui tenaient les bibles ouvertes. Un adolescent parvint à se libérer des bras de sa mère et se présenta lui aussi.

Quatre mercenaires s'approchèrent de Talbo.

« Nous voulons recevoir le sacrement, commandant. Nous voulons être baptisés. »

« C'est ainsi qu'est maintenue la Tradition, dirent les Voix. Quand les gens sont capables de mourir pour une idée. »

Loni attendit la décision de Talbo. Les mercenaires avaient lutté toute leur vie pour de l'argent, jusqu'à ce qu'ils découvrent que certaines personnes étaient capables de lutter seulement pour ce qu'elles croyaient juste.

Talbo donna finalement son assentiment. Mais il perdait quelques-uns de ses meilleurs hommes.

« Partons d'ici, dit Loni. Allons vers les murailles. Ils ont dit que ceux qui le voudraient pouvaient s'en aller.

— Il vaut mieux nous reposer, Loni. »

« Tu vas mourir », murmurèrent les Voix de nouveau.

« Je veux voir les Pyrénées. Je veux regarder la vallée encore une fois, Talbo. Tu sais que je vais mourir. »

Oui, il le savait. C'était un homme habitué au champ de bataille, il connaissait les blessures qui venaient à bout de ses soldats. La blessure de Loni était ouverte depuis trois jours, empoisonnant son sang.

Les gens dont les blessures ne cicatrisaient pas pouvaient survivre jusqu'à deux semaines. Jamais davantage.

Et Loni était près de la mort. Sa fièvre était passée. Talbo savait aussi que c'était mauvais signe. Tant que son pied lui faisait mal et qu'elle était brûlante de fièvre, l'organisme luttait encore. Maintenant il n'y avait plus de lutte : rien que l'attente.

« Tu n'as pas peur », dirent les Voix. Non, Loni n'avait pas peur. Depuis son enfance, elle savait que la mort n'était qu'un autre commencement. En ce temps-là, les Voix étaient ses grandes compagnes. Et elles avaient des visages, des corps, des gestes qu'elle seule pouvait distinguer. C'étaient des personnes qui venaient de mondes différents, qui parlaient et ne la laissaient jamais seule. Elle avait connu une enfance très amusante : elle jouait avec les autres enfants, et à l'aide de ses amis invisibles, changeait les objets de place, produisait certaines sortes de bruits, de petites peurs. À cette époque, sa mère se réjouissait qu'elles vivent dans un pays cathare. « Si les catholiques étaient par ici, tu serais brûlée vive », disait-elle souvent. Les cathares n'y accordaient pas d'importance : pour eux les bons étaient bons, les mauvais mauvais, et aucune force de l'Univers n'était capable de changer cela.

Mais les Français étaient arrivés, affirmant qu'il n'existait pas de pays cathare. Et depuis l'âge de huit ans, elle n'avait connu que la guerre.

La guerre lui avait apporté un grand bonheur : son mari, recruté dans un pays lointain par les prêtres cathares, qui jamais ne prenaient une arme. Mais elle lui avait aussi apporté un malheur : la peur d'être brûlée vive, parce que les catholiques se rapprochaient de son village. Elle se mit à craindre ses amis invisibles et ils disparurent de sa vie. Mais restèrent les Voix. Elles continuaient de lui annoncer ce qui allait arriver, de lui dire comment elle devait agir. Mais elle ne voulait pas de leur amitié, parce qu'elles en savaient toujours trop ; alors une Voix lui enseigna le truc de l'arbre sacré. Et depuis que la dernière croisade contre les Cathares avait commencé et que les catholiques français gagnaient une bataille après l'autre, elle n'entendait plus les Voix.

Aujourd'hui, cependant, elle n'avait plus la force de penser à l'arbre. Les Voix étaient de nouveau là, et cela ne la dérangeait pas. Au contraire, elle avait besoin d'elles, elles allaient lui montrer le chemin, quand elle serait morte.

« Ne t'inquiète pas pour moi, Talbo. Je n'ai pas peur de mourir », dit-elle.

Ils arrivèrent au sommet de la muraille. Un vent froid ne cessait de souffler, et Talbo tenta de s'abriter dans sa cape. Loni ne sentait plus le froid. Elle regarda les lumières d'une ville à l'horizon et celles du campement au pied de la montagne. Il y avait des bûchers dans presque toute l'étendue de la vallée. Les soldats français attendaient la décision finale.

Ils écoutèrent le son d'une flûte qui venait d'en bas. Des voix chantaient.

« Ce sont des soldats, dit Talbo. Ils savent qu'ils peuvent mourir d'un instant à l'autre, et ainsi la vie est toujours une grande fête. »

Loni ressentit une immense rage de vivre. Les Voix lui racontaient que Talbo allait rencontrer d'autres femmes, avoir des enfants et devenir riche grâce au pillage des villes. « Mais plus jamais il n'aimera personne comme toi, parce que tu fais partie de lui pour toujours », dirent les Voix.

Ils restèrent quelque temps à regarder le paysage en bas, enlacés, à écouter le chant des guerriers. Loni sentit que cette montagne avait été le cadre d'autres guerres dans le passé, un passé tellement reculé que même les Voix ne parvenaient pas à s'en souvenir.

« Nous sommes éternels, Talbo. Les Voix me l'ont dit, au temps où je pouvais voir leurs corps et leurs visages. »

Talbo connaissait le Don de sa femme. Mais depuis très longtemps elle n'abordait plus le sujet. C'était peut-être le délire.

« Pourtant, aucune vie n'est pareille à l'autre. Et peut-être que nous ne nous retrouverons plus jamais. J'ai besoin que tu saches que je t'ai aimé toute ma vie. Je t'ai aimé avant de te connaître. Tu fais partie de moi.

« Je vais mourir. Et comme demain est un jour aussi bon pour mourir que n'importe quel autre, j'aimerais mourir avec les prêtres. Je n'ai jamais compris ce qu'ils pensaient du monde, mais eux m'ont toujours comprise. Je veux les accompagner jusqu'à l'autre vie. Je pourrais sans doute être un bon guide, parce que je me suis déjà trouvée dans ces autres mondes. »

Loni pensa à l'ironie du destin. Elle avait eu peur des Voix parce qu'elles pouvaient la conduire au chemin du bûcher. Mais le bûcher était sur son chemin, de toute façon.

Talbo regardait sa femme. Ses yeux perdaient leur éclat, mais elle gardait le même charme que lorsqu'il l'avait connue. Il ne lui avait pas tout dit – il ne lui avait pas parlé des femmes qu'il avait reçues en récompense des batailles, des femmes qu'il avait rencontrées au cours de ses voyages par le monde, des femmes qui attendaient qu'il revînt un jour. Il ne lui avait pas raconté tout cela parce qu'il était certain qu'elle le savait et qu'elle lui pardonnait parce qu'il était son grand amour, et que le grand amour est au-dessus des choses de ce monde.

Mais il ne lui avait pas dit non plus, et peut-être ne le découvrirait-elle jamais, que c'était elle, avec sa tendresse et sa joie, qui lui avait permis de retrouver le sens de la vie. Que l'amour de cette femme l'avait poussé jusqu'aux confins les plus lointains de la Terre, parce qu'il devait être assez riche pour acheter un champ et vivre en paix, avec elle, le restant de ses jours. C'était l'immense confiance dans cette créature fragile, dont l'âme était en train de s'éteindre, qui l'avait obligé à lutter avec honneur, parce qu'il savait qu'après la bataille il pouvait oublier les horreurs de la guerre dans ses bras. Les seuls bras qui étaient réellement à lui, malgré toutes les femmes du monde. Les seuls bras dans lesquels il pouvait fermer les yeux et dormir comme un enfant.

« Va appeler un prêtre, Talbo, dit-elle. Je veux recevoir le baptême. »

Talbo hésita un moment ; seuls les guerriers choisissaient leur manière de mourir. Mais la femme qui était devant lui avait donné sa vie par amour – l'amour était peut-être pour elle une forme de guerre inconnue.

Il se leva et descendit les marches de la muraille. Loni tenta de se concentrer sur la musique qui venait d'en bas, qui rendait la mort plus facile. Pendant ce temps, les Voix ne cessaient de parler.

« Toute femme, dans sa vie, peut se servir des Quatre Anneaux de la Révélation. Tu n'as utilisé qu'un seul anneau, et ce n'était pas le bon », dirent les Voix.

Loni regarda ses doigts. Ils étaient blessés, ses ongles sales. Elle n'avait aucun anneau. Les Voix rirent.

« Tu sais de quoi nous parlons, dirent-elles. La Vierge, la Sainte, la Martyre, la Sorcière. »

Loni savait dans son cœur ce que les Voix voulaient dire. Mais elle ne se souvenait pas. Elle l'avait su très longtemps auparavant, à une époque où les gens étaient vêtus différemment et regardaient le monde d'une autre manière. En ce temps-là, elle possédait un autre nom, et parlait une autre langue.

« Ce sont les quatre manières dont la femme communie avec l'Univers, dirent les Voix, comme s'il était important pour elle de se rappeler des choses aussi anciennes. La Vierge possède le pouvoir de l'homme et de la femme. Elle est condamnée à la Solitude, mais la Solitude révèle ses secrets. C'est le prix que paie la Vierge : n'avoir besoin de personne, se consumer dans son amour pour tous et à travers la Solitude découvrir la sagesse du monde. »

Loni continuait de regarder le campement, en bas. Oui, elle savait.

« Et la Martyre, continuèrent les Voix, la Martyre possède le pouvoir de ceux à qui la douleur et la souffrance ne peuvent causer de mal. Elle se donne, elle souffre, et à travers le Sacrifice découvre la sagesse du monde. »

Loni se remit à regarder ses mains. Avec un éclat invisible, l'anneau de la Martyre entourait un de ses doigts.

« Tu aurais pu choisir la révélation de la Sainte, bien que ce ne fût pas celui-là ton anneau, dirent les Voix. La Sainte possède le courage de celles pour qui donner est la seule manière de recevoir. Elles sont un puits sans fond où les gens boivent sans cesse. Et s'il n'y a pas d'eau dans son puits, la Sainte offre son sang, pour que les gens ne cessent jamais de boire. À travers le Don de soi, la Sainte découvre la Sagesse du monde. »

Les Voix se turent. Loni écouta les pas de Talbo qui montait l'escalier de pierre. Elle savait quel était son anneau dans cette vie, car c'était celui dont elle s'était servie dans ses vies passées, quand elle avait d'autres noms et parlait des langues différentes. Dans son anneau, on découvrait la Sagesse du Monde à travers le Plaisir.

Mais elle ne voulait pas s'en souvenir. L'anneau de la Martyre brillait, invisible, à son doigt.

Talbo s'approcha. Et soudain, levant les yeux vers lui, Loni constata que la nuit avait un éclat magique. On aurait dit un jour de soleil.

« Réveille-toi », disaient les Voix.

Mais c'étaient des voix différentes, qu'elle n'avait jamais entendues. Elle sentit quelqu'un masser son poignet gauche.

« Allons, Brida, lève-toi. »

Elle ouvrit les yeux et les ferma rapidement, parce que la lumière du ciel était très intense. La Mort était quelque chose d'étrange.

« Ouvre les yeux », insista encore Wicca.

Mais elle devait regagner le château. Un homme qu'elle aimait était parti chercher le prêtre. Elle ne pouvait pas fuir ainsi. Il était seul et il avait besoin d'elle.

« Parle-moi de ton Don. »

Wicca ne lui donnait pas le temps de réfléchir. Elle savait qu'elle avait participé à une expérience extraordinaire, plus forte que celle du tarot. Mais elle ne lui donnait pas le temps. Elle ne comprenait pas et ne respectait pas ses sentiments ; tout ce qu'elle voulait, c'était découvrir son Don.

« Parle-moi de ton Don », répéta Wicca.

Elle respira profondément, contenant sa colère. Mais il n'y avait rien à faire. La femme allait insister jusqu'à ce qu'elle lui réponde.

« J'ai été amoureuse de... »

Wicca la fit taire rapidement. Puis elle se leva, fit quelques gestes étranges dans l'air et se remit à la regarder.

« Dieu est la parole. Attention ! Attention à ce que tu dis, dans toutes les situations ou les instants de ta vie. »

Brida ne comprenait pas pourquoi cette femme réagissait ainsi.

« Dieu se manifeste en tout, mais la parole est l'un de ses moyens d'agir favoris, parce que la parole est la pensée transformée en vibration ; tu disposes dans l'air, autour de toi, ce qui n'était jusque-là qu'énergie. Fais très attention à tout ce que tu dis, continua Wicca. La parole a un pouvoir supérieur à beaucoup de rituels. »

Brida ne comprenait toujours pas. Elle n'avait que les mots pour raconter son expérience.

« Quand tu as fait allusion à une femme, continua Wicca, tu n'étais pas elle. Tu étais une partie d'elle. D'autres personnes peuvent avoir le même souvenir que toi. »

Brida se sentait flouée. Cette femme était forte, et elle aurait aimé ne la partager avec personne d'autre. En outre, il y avait Talbo.

« Parle-moi de ton Don », dit encore une fois Wicca. Elle ne pouvait pas permettre que la jeune fille se laisse fasciner par cette expérience. En général, les voyages dans le temps donnaient lieu à beaucoup de problèmes.

« J'ai tant de choses à dire. Et j'ai besoin de te parler à toi parce que personne d'autre ne me croira. Je t'en prie », insista Brida.

Elle commença à tout raconter, depuis le moment où la pluie ruisselait sur son visage. Elle avait une chance et elle ne pouvait pas la perdre – la chance de se trouver avec quelqu'un qui croyait à l'extraordinaire. Elle savait que personne d'autre ne l'écouterait avec le même respect, parce que les gens avaient peur de savoir à quel point la vie était magique ; ils étaient habitués à leurs maisons, à leurs emplois, à leurs attentes, et si l'on était venu leur dire qu'il était possible de voyager dans le temps – qu'il était possible de voir des châteaux dans l'Univers, des tarots qui racontaient des histoires, des hommes qui marchaient dans la Nuit Obscure –, ils se seraient sentis trompés par la vie, parce qu'ils n'avaient pas ça ; leur vie, c'était des jours, des nuits, et des week-ends toujours semblables.

Alors, Brida devait saisir cette opportunité ; si les mots étaient Dieu, alors qu'il soit inscrit dans l'air autour d'elle qu'elle avait voyagé jusqu'au passé et qu'elle se rappelait chaque détail comme si c'était le présent, la forêt. Ainsi, quand plus tard on réussirait à lui prouver que rien de tout cela ne lui était arrivé, que le temps et l'espace la feraient douter de tout, que, finalement, elle-même aurait la certitude que cela n'avait été qu'illusion, les mots de cet après-midi, dans le bois, vibreraient encore dans l'air et au moins une personne, pour qui la magie faisait partie de la vie, saurait que tout était vraiment arrivé.

Elle décrivit le château, les prêtres portant leurs vêtements noir et jaune, la vision de la vallée avec les bûchers allumés, les pensées du mari qu'elle parvenait à capter. Wicca écouta patiemment, ne manifestant de l'intérêt que lorsqu'elle relatait les Voix qui surgissaient dans la tête de Loni. Alors, elle l'interrompait et demandait si c'étaient des Voix masculines ou féminines (elles étaient des deux sexes), si elles transmettaient un genre quelconque d'émotion, comme l'agressivité ou le réconfort (c'étaient en fait des voix impersonnelles), et si elle pouvait réveiller les Voix chaque fois qu'elle le désirait (elle ne le savait pas, elle n'en avait pas eu le temps).

« Très bien, nous pouvons partir », dit Wicca, retirant sa tunique et la remettant dans le sac. Brida était déçue, elle avait pensé qu'elle allait recevoir une sorte d'éloge. Ou, du moins, une explication. Mais Wicca ressemblait à certains médecins, qui regardent leur patient d'un air impersonnel, veillant plus à noter les symptômes qu'à comprendre la douleur et la souffrance qu'ils causent.

Elles firent un long voyage de retour. Chaque fois que Brida voulait aborder le sujet, Wicca parlait de l'augmentation du coût de la vie, des embouteillages de fin d'après-midi et des difficultés que créait l'administrateur de son immeuble.

Ce n'est que lorsqu'elles furent de nouveau assises dans les deux fauteuils que Wicca commenta l'expérience.

« Je veux te dire une chose, dit-elle. Ne cherche pas à expliquer les émotions. Vis tout intensément, et retiens ce que tu as ressenti comme un don de Dieu. Si tu penses que tu ne réussiras pas à supporter un monde dans lequel il est plus important de vivre que de comprendre, alors renonce à la magie.

« Le meilleur moyen de détruire le pont entre le visible et l'invisible c'est de chercher à expliquer les émotions. »

Les émotions étaient des chevaux sauvages, et Brida savait que la raison, à aucun moment, ne parvenait à les dominer. Elle avait eu un jour un petit ami qui avait rompu pour une raison quelconque. Brida était restée chez elle pendant des mois, s'expliquant toute la journée les centaines de

97

défauts, les milliers d'inconvénients de cette relation. Mais tous les matins au réveil, elle pensait à lui, et elle savait que s'il téléphonait, elle finirait par accepter un rendez-vous.

Le chien dans la cuisine aboya. Brida savait que c'était un code, la visite était terminée.

« Je t'en prie, nous n'avons même pas parlé ! implora-t-elle. Et j'avais au moins deux questions à poser. »

Wicca se leva. La jeune fille s'arrangeait toujours pour poser des questions importantes juste au moment de partir.

« J'aimerais savoir si les prêtres que j'ai vus ont réellement existé.

— Nous connaissons des expériences extraordinaires et moins de deux heures plus tard nous tentons de nous convaincre qu'elles sont le produit de notre imagination », dit Wicca, tandis qu'elle se dirigeait vers la bibliothèque. Brida se souvint de ce qu'elle avait pensé dans le bois à propos des gens qui ont peur de l'extraordinaire. Elle eut honte d'elle-même.

Wicca revint, un livre à la main.

« Les cathares, ou les parfaits, étaient les prêtres d'une Église apparue au XIe siècle et qui se répandit dans le sud de la France à la fin du XIIe siècle. Ils croyaient à la réincarnation et au Bien et au Mal absolus. Le monde était partagé entre les élus et les autres, qui étaient perdus. Il ne servait à rien de tenter de convertir qui que ce soit.

« Parce que les cathares se désintéressaient des valeurs terrestres, les seigneurs féodaux de la région du Languedoc adoptèrent leur religion ; ils n'avaient plus besoin de payer les lourds impôts que l'Église catholique exigeait à l'époque. D'autre part, comme le Bien et le Mal étaient déjà déterminés avant la naissance, les cathares avaient une attitude très tolérante à l'égard du sexe et, surtout, de la femme. La rigueur ne s'appliquait qu'à ceux qui recevaient l'ordination sacerdotale.

« Tout allait très bien jusqu'au moment où le catharisme commença à se répandre dans de nombreuses villes. L'Église catholique se sentit menacée et convoqua une croisade contre les hérétiques. Pendant quarante ans, cathares et catholiques s'affrontèrent dans des batailles sanglantes, mais les forces légalistes, soutenues par diverses nations, parvinrent finalement à détruire toutes les villes qui avaient adopté la nouvelle religion. Il ne resta plus que la forteresse de Montségur, dans les Pyrénées, où les cathares résistèrent jusqu'au jour où le chemin secret – par où ils recevaient des renforts – fut découvert. Un matin de mars 1244, après la reddition du château, deux cent vingt cathares se jetèrent en chantant dans l'immense bûcher allumé au bas de la montagne où le château avait été construit. »

Wicca racontait l'histoire le livre fermé sur les genoux. Quand elle eut terminé, elle ouvrit l'ouvrage et chercha une photographie.

Brida regarda la photo. C'étaient des ruines, la tour presque entièrement en morceaux, mais les murailles intactes. Là se trouvaient la cour, l'escalier par où Loni et Talbo étaient montés, le roc qui se confondait avec la muraille et la tour.

« Tu as dit que tu avais une autre question à me poser. »

La question n'avait plus d'importance. Brida ne parvenait plus à réfléchir. Elle se sentait bizarre. Avec un certain effort, elle se souvint de ce qu'elle voulait savoir.

« Je veux savoir pourquoi tu perds ton temps avec moi. Pourquoi tu désires m'apprendre.

— Parce que la Tradition le veut ainsi, répondit Wicca. Tu t'es peu divisée dans tes incarnations successives. Tu appartiens à la même sorte de gens que mes amis et moi. Nous sommes les personnes chargées de maintenir la Tradition de la Lune. Tu es une sorcière. »

Brida ne prêta aucune attention aux propos de Wicca. Il ne lui passa même pas par la tête qu'elle devait fixer un nouveau rendez-vous ; tout ce qu'elle voulait à ce moment-là, c'était s'en aller, découvrir des choses qui la ramèneraient à un monde familier ; une infiltration dans le mur, un paquet de cigarettes jeté sur le sol, une correspondance oubliée sur la table du gardien.

« Je dois travailler demain. »

Elle était brusquement préoccupée par l'heure.

Sur le chemin du retour, elle commença à faire une série de calculs concernant la facturation des exportations de son entreprise au cours de la semaine précédente, et elle découvrit un moyen de simplifier certaines procédures au bureau. Elle en fut très contente : son chef pourrait apprécier ce qu'elle faisait et, qui sait, lui offrir une augmentation.

Elle arriva chez elle, dîna, regarda un peu la télévision. Puis elle consigna sur papier les calculs concernant les exportations. Et elle tomba épuisée sur le lit.

La facturation des exportations avait pris de l'importance dans sa vie. C'était pour ce genre de travail qu'on la payait.

Le reste n'existait pas. Le reste n'était que mensonge.

Pendant une semaine, Brida se réveilla toujours à l'heure, travailla dans l'entreprise d'exportations avec la plus grande application possible et reçut de son chef des éloges mérités. Elle ne manqua pas un seul cours à la faculté, et s'intéressa aux sujets de toutes les revues qui se trouvaient dans les kiosques. Tout ce qu'elle avait à faire, c'était ne pas penser. Quand, sans le vouloir, elle se rappelait qu'elle avait connu un Magicien dans la montagne et une sorcière en ville, les examens du semestre suivant et le commentaire qu'une compagne avait fait à propos d'une autre éloignaient ces souvenirs.

Le vendredi arriva, et son petit ami vint la chercher à la porte de la faculté pour aller au cinéma. Ensuite, ils se rendirent au bar qu'ils fréquentaient, parlèrent du film, de leurs relations, et de ce qui s'était passé dans leurs activités respectives. Ils rencontrèrent des amis qui revenaient d'une fête et dînèrent avec eux, rendant grâce à Dieu qu'à Dublin il y eût toujours un restaurant ouvert.

À deux heures du matin, les amis prirent congé et ils décidèrent tous les deux d'aller chez la jeune fille. À peine entrée, elle mit un disque d'Iron Butterfly et servit à chacun un double whisky. Ils restèrent enlacés sur le sofa, silencieux et détendus, tandis qu'il caressait ses cheveux, puis ses seins.

« J'ai eu une semaine de folie, dit-elle, brusquement. J'ai travaillé sans arrêt, j'ai préparé mes examens et j'ai fait toutes les courses nécessaires. »

Le disque terminé, elle se leva pour le retourner.

« Tu sais, la porte de l'armoire de la cuisine, celle qui était cassée ? J'ai enfin trouvé le temps d'appeler quelqu'un pour la réparer. Et j'ai dû aller plusieurs fois à la banque. D'abord pour chercher l'argent que papa m'a envoyé, ensuite pour déposer des chèques de l'entreprise, et enfin... »

Lorens la regardait fixement.

« Pourquoi me regardes-tu ? » demanda-t-elle.

Le ton de sa voix était agressif. Cet homme devant elle, toujours tranquille, sans cesse en train de la regarder, incapable de dire un mot intelligent, c'était une situation absurde. Elle n'avait pas besoin de lui. Elle n'avait besoin de personne.

« Pourquoi me regardes-tu ? » insista-t-elle.

Mais il ne dit rien. Il se leva à son tour et, très doucement, la ramena vers le sofa.

« Tu n'accordes pas la moindre attention à ce que je te dis », s'écria Brida, déconcertée.

Lorens la prit de nouveau contre lui.

« Les émotions sont des chevaux sauvages. »

« Raconte-moi tout, dit Lorens tendrement. Je saurai entendre et respecter ta décision. Même si c'est un autre homme. Même si c'est une séparation.

« Nous sommes ensemble depuis un certain temps. Je ne te connais pas parfaitement, je ne sais pas comment tu es, mais je sais comment tu n'es pas. Et tu n'as pas été toi-même de toute la soirée. »

Brida eut envie de pleurer. Mais elle avait déjà gaspillé beaucoup de larmes avec les Nuits Obscures, avec les tarots qui parlaient, avec les forêts enchantées. Les émotions étaient des chevaux sauvages – finalement il ne restait plus qu'à les libérer.

Elle s'assit en face de lui, se rappelant que le Magicien, comme Wicca, aimait cette position. Puis, sans interruption, elle raconta tout ce qui s'était passé depuis sa rencontre avec le Magicien dans la montagne. Lorens écouta en silence. Quand elle mentionna la photographie, il lui demanda si, dans un de ses cours, elle avait déjà entendu parler des cathares.

« Je sais que tu ne crois rien de ce que je t'ai raconté, répondit-elle. Tu penses que c'est mon inconscient, que je me suis rappelé les choses que je savais déjà. Non, Lorens, je n'avais jamais entendu parler des cathares auparavant. Mais je sais que tu as des explications pour tout. »

Sa main tremblait, sans qu'elle pût la contrôler. Lorens se leva, prit une feuille de papier dans laquelle il fit deux trous, à une distance de vingt centimètres l'un de l'autre. Il plaça la feuille sur la table, appuyée sur la bouteille de whisky, pour qu'elle reste droite.

Puis il alla jusqu'à la cuisine et rapporta un bouchon de liège. Il s'assit au bout de la table et poussa le papier et la bouteille vers l'autre extrémité. Ensuite, il plaça le bouchon devant lui.

« Viens ici », dit-il.

Brida se leva. Elle essayait de cacher ses mains tremblantes, mais lui semblait ne pas y accorder la moindre importance.

« Imaginons que ce bouchon est un électron, une des petites particules qui composent l'atome. Tu as compris ? »

Elle acquiesça.

« Alors, fais bien attention. Si j'avais ici avec moi certains appareils très compliqués qui me permettent de donner un "tir d'électron", et si je tirais en direction de cette feuille, il passerait par les deux trous en même temps, le savais-tu ? Seulement, il passerait par les deux trous *sans se diviser*.

— Je n'y crois pas, dit-elle. C'est impossible. »

Lorens prit la feuille et la jeta dans la poubelle. Puis il rangea le bouchon à l'endroit où il l'avait pris – c'était un garçon très organisé.

« Tu ne le crois pas, mais c'est vrai. Tous les scientifiques le savent, même s'ils ne parviennent pas à l'expliquer.

« Moi non plus, je ne crois à rien de ce que tu m'as dit. Mais je sais que c'est vrai. »

Les mains de Brida tremblaient encore. Mais elle ne pleurait pas, ni ne perdait contrôle. Elle comprit seulement que l'effet de l'alcool avait complètement disparu. Elle était lucide, d'une lucidité étrange.

« Et que font les scientifiques devant les mystères de la science ?

— Ils entrent dans la Nuit Obscure, pour reprendre un terme que tu m'as enseigné. Nous savons que le mystère ne nous quittera jamais, alors nous apprenons à l'accepter et à vivre avec lui.

« Je crois que ce phénomène est présent dans de nombreuses situations de la vie. Une mère qui éduque un enfant doit avoir la sensation de plonger dans la Nuit Obscure. Ou bien un immigrant qui s'en va loin de sa patrie à la recherche de travail et d'argent. Tous sont convaincus que leurs efforts seront récompensés, et qu'ils comprendront un jour ce qui s'est passé sur le chemin et qui, sur le moment, paraissait tellement effrayant.

« Ce ne sont pas les explications qui nous font avancer ; c'est notre volonté d'aller plus loin. »

Brida ressentit soudain une immense fatigue. Elle avait besoin de dormir. Le sommeil était le seul royaume magique dans lequel elle réussirait à entrer.

Cette nuit-là elle fit un beau rêve, des mers et des îles couvertes d'arbres. Elle se réveilla tôt le matin, et se réjouit parce que Lorens dormait près d'elle. Elle se leva et alla jusqu'à la fenêtre de sa chambre regarder Dublin endormi.

Elle se rappela son père, qui avait coutume de faire cela quand elle avait peur et se réveillait. Le souvenir fit resurgir une autre scène de son enfance.

Elle était sur la plage avec son père, et il lui demanda d'aller voir si la température de l'eau était bonne. Elle avait cinq ans. Ravie de pouvoir l'aider, elle alla jusqu'au rivage et se trempa les pieds.

« J'ai mis les pieds, elle est froide », lui dit-elle.

Son père la prit dans ses bras, marcha avec elle jusqu'au bord de la mer et, sans prévenir, la jeta dans l'eau. Elle fut effrayée, mais ensuite elle s'amusa de la plaisanterie.

« Comment est l'eau ? demanda le père.

— Elle est bonne, répondit-elle.

— Alors, dorénavant, quand tu voudras connaître quelque chose, plonge dedans. »

Elle avait très vite oublié cette leçon. Bien qu'elle n'eût que vingt et un ans, elle avait eu beaucoup de centres d'intérêt, et elle y avait renoncé aussi vite qu'elle s'en était enthousiasmée. Elle n'avait pas peur des difficultés : ce qui l'effrayait, c'était l'obligation de devoir choisir un chemin.

Choisir un chemin signifiait en abandonner d'autres. Elle avait une vie entière à vivre, et elle pensait toujours que peut-être elle regretterait, plus tard, ce qu'elle voulait faire maintenant.

« J'ai peur de m'engager », pensa-t-elle. Elle voulait parcourir tous les chemins possibles, et elle allait finir par n'en parcourir aucun.

Même en amour, ce qui comptait le plus dans sa vie, elle n'avait pas réussi à aller jusqu'au bout ; après la première déception, elle ne s'était plus jamais livrée complètement. Elle redoutait la souffrance, la perte, l'inévitable séparation. Évidemment, elles étaient toujours présentes sur la route de l'amour, et la seule manière de les éviter, c'était de renoncer à parcourir cette route. Pour ne pas souffrir, il fallait aussi ne pas aimer.

Comme si, pour ne pas voir les désagréments de la vie, on finissait par se crever les yeux.

« Vivre est très compliqué. »

Il fallait courir des risques, suivre certains chemins et en abandonner d'autres. Elle se rappela Wicca parlant des gens qui n'empruntent des chemins que pour prouver qu'ils ne leur conviennent pas. Mais ce n'était pas le pire. Le pire, c'était choisir, et passer le restant de sa vie à se demander si l'on a fait le bon choix. Personne n'était capable de choisir sans avoir peur.

Pourtant, c'était la loi de la vie. C'était la Nuit Obscure, et nul ne pouvait échapper à la Nuit Obscure, même en ne prenant jamais aucune décision, même sans rien changer ; parce que c'était déjà en soi une décision, un changement. Et sans les trésors cachés dans la Nuit Obscure.

Lorens avait peut-être raison. À la fin, ils riraient de leurs peurs du début. Comme elle avait ri des serpents et des scorpions qu'elle avait imaginés dans la forêt. Dans son désespoir, elle avait oublié que le saint patron de l'Irlande, saint Patrick, avait chassé tous les serpents du pays.

« Quelle chance que tu existes, Lorens ! » dit-elle tout bas, de crainte qu'il ne l'entendît.

Elle se remit au lit et le sommeil vint rapidement. Mais avant, elle se rappela une autre histoire avec son père. C'était un dimanche et toute la famille réunie déjeunait chez sa grand-mère. Elle devait déjà avoir environ quatorze ans, et elle se plaignait de ne pas réussir à faire un certain devoir pour l'école, parce que tout ce qu'elle commençait donnait un résultat complètement faux.

« Ces erreurs t'enseignent peut-être quelque chose », dit son père. Mais Brida insistait, affirmant que non ; qu'elle avait pris une mauvaise voie, et que maintenant il n'y avait plus rien à faire.

Son père la prit par la main et ils allèrent jusqu'au salon où sa grand-mère avait l'habitude de regarder la télévision. Il y avait une grande horloge ancienne qui était arrêtée depuis des années faute de pièces.

« Rien n'est complètement faux dans le monde, ma fille, dit son père en regardant l'horloge. Même une horloge arrêtée réussit à être à l'heure deux fois par jour. »

Elle marcha quelque temps dans la montagne, à la recherche du Magicien. Il était assis sur un rocher, tout près du sommet, à contempler la vallée et les montagnes qui s'étendaient à l'ouest. La vue était très belle, et Brida se rappela que les esprits préféraient ces endroits.

« Serait-ce que Dieu n'est le Dieu que de la beauté ? dit-elle en s'approchant. Et que deviennent les personnes et les endroits laids de ce monde ? »

Le Magicien ne répondit pas. Brida en fut déconcertée.

« Tu ne te souviens peut-être pas de moi. Je suis venue ici il y a deux mois. J'ai passé une nuit entière, seule, dans la forêt. Et je m'étais promis que je reviendrais seulement quand j'aurais découvert mon chemin.

« J'ai rencontré une femme du nom de Wicca. »

Le Magicien cligna des yeux. Il savait que la jeune fille n'avait rien deviné, mais il rit de la grande ironie du destin.

« Wicca m'a dit que j'étais une sorcière, continua la jeune fille.

— N'as-tu pas confiance en elle ? »

Ce fut la première question que posa le Magicien depuis son arrivée. Brida se réjouit parce qu'il l'écoutait, ce dont elle n'était pas certaine jusqu'à ce moment.

« J'ai confiance, répondit-elle. Et j'ai confiance dans la Tradition de la Lune. Mais je sais que la Tradition du Soleil m'a aidée, quand tu m'as obligée à comprendre la Nuit Obscure. C'est pour cela que je suis revenue.

— Alors assieds-toi et contemple le coucher du soleil, dit le Magicien.

— Je ne vais pas rester de nouveau seule dans la forêt, répondit-elle. La dernière fois... »

Le Magicien l'interrompit.

« Ne dis pas cela. Dieu est dans les mots. »

Wicca avait dit la même chose.

« Qu'ai-je dit de mal ?

— Si tu dis "la *dernière* fois", cela peut vraiment le devenir. En réalité, ce que tu as voulu dire, c'était "la fois précédente". »

Brida était inquiète. Dorénavant, il lui faudrait faire très attention aux mots. Elle décida de s'asseoir et de rester calme, faisant ce que le Magicien lui avait dit – contempler le coucher du soleil.

Cela la rendait nerveuse. Il restait encore presque une heure avant le crépuscule, et Brida avait beaucoup à dire et à demander. Chaque fois qu'elle se retrouvait immobile, à contempler un spectacle, elle avait la sensation de gaspiller un temps précieux, en ne faisant pas certaines choses, en ne rencontrant pas certaines personnes ; elle se disait toujours qu'elle aurait pu mettre son temps à profit autrement, ayant encore beaucoup à apprendre. Cependant, à mesure que le soleil s'approchait de l'horizon et que les nuages se remplissaient de rayons dorés et roses, Brida avait la sensation de n'avoir lutté dans la vie que pour pouvoir un jour s'asseoir et contempler un coucher de soleil pareil à celui-là.

« Sais-tu prier ? » demanda le Magicien à un certain moment.

Bien sûr, Brida savait. N'importe qui au monde savait prier.

« Alors, dès que le soleil touchera l'horizon, fais une prière. Dans la Tradition du Soleil, c'est au travers des prières que les gens communient avec Dieu. La prière, quand elle est faite avec les mots de l'âme, est beaucoup plus puissante que tous les rituels.

— Je ne sais pas prier, parce que mon âme est silencieuse », répondit Brida.

Le Magicien rit.

« Seuls les grands illuminés ont l'âme silencieuse.

— Alors, pourquoi ne sais-je pas prier avec l'âme ?

— Parce qu'il te manque l'humilité pour l'écouter, et savoir ce qu'elle désire. Tu as honte d'écouter les demandes de ton âme. Et tu as peur de porter ces demandes jusqu'à Dieu, parce que tu penses qu'il n'a pas le temps de s'en préoccuper. »

Elle se trouvait devant un coucher de soleil, et à côté d'un sage. Cependant, chaque fois que dans sa vie arrivaient des moments comme celui-là, elle avait l'impression qu'elle ne les méritait pas.

« Oui, je me trouve indigne. Je pense que la quête spirituelle a été faite pour des personnes meilleures que moi.

— Ces personnes, si tant est qu'elles existent, n'ont rien à chercher. Elles sont déjà la propre manifestation de l'esprit. La quête a été faite pour des gens comme nous. »

« Comme nous », avait-il dit. Et pourtant, il était allé beaucoup plus loin qu'elle.

« Dieu est au plus haut des cieux, dans la Tradition du Soleil comme dans la Tradition de la Lune », dit Brida, comprenant que la Tradition était la même, que seule différait la manière d'enseigner.

« Alors, apprends-moi à prier, s'il te plaît. »

Le Magicien se tourna droit vers le soleil et ferma les yeux.

« Nous sommes des êtres humains et nous méconnaissons notre grandeur, Seigneur. Accorde-nous l'humilité de demander ce dont nous avons besoin, Seigneur, parce que aucun désir n'est vain et aucune demande futile. Chacun sait de quoi nourrir son âme ; donne-nous le courage de regarder nos désirs comme s'ils venaient de la source de Ton éternelle Sagesse. Ce n'est qu'en acceptant nos désirs que nous pouvons avoir une idée de ce que nous sommes, Seigneur. Amen.

« Maintenant, c'est ton tour, dit le Magicien.

— Seigneur, fais que je comprenne que tout ce qui m'arrive de bon dans la vie, je le mérite. Fais que je comprenne que ce qui me pousse à chercher Ta vérité est la même force qui a animé les saints, et que les doutes que j'éprouve sont les mêmes doutes que ceux qu'ils ont éprouvés, et que les faiblesses que je ressens sont les mêmes que les saints ont ressenties. Fais que je sois assez humble pour accepter que je ne suis pas différente des autres, Seigneur. Amen. »

Ils demeurèrent silencieux, regardant le coucher du soleil, et puis le dernier rayon de ce jour abandonna les nuages. Leurs âmes priaient, demandaient, et remerciaient d'être ensemble.

« Allons au bar du village », dit le Magicien.

Brida remit ses chaussures et ils commencèrent la descente. Encore une fois elle se rappela le jour où elle était allée jusqu'à la montagne à sa recherche. Elle se promit qu'elle ne raconterait plus cette histoire qu'une seule fois dans sa vie ; elle n'avait pas besoin de continuer à se convaincre elle-même.

Le Magicien regarda la jeune fille qui descendait devant lui, s'efforçant de montrer que le sol humide et les pierres lui étaient familiers, et trébuchant à chaque instant. Son cœur se réjouit un peu, mais il fut bientôt de nouveau sur ses gardes.

Parfois, certaines bénédictions de Dieu entrent en brisant toutes les vitres en mille éclats.

Tandis qu'ils descendaient la montagne, le Magicien pensa qu'il était bon que Brida soit près de lui. Il était, lui aussi, un homme pareil à tous les autres, avec les mêmes faiblesses, les mêmes vertus – et jusqu'à présent, il n'était pas habitué au rôle de Maître. Au début, quand des gens venaient de divers endroits d'Irlande jusqu'à cette forêt à la recherche de ses enseignements, il parlait de la Tradition du Soleil et leur demandait de comprendre ce qui se trouvait autour d'eux. Dieu y avait conservé Sa sagesse, et tous pouvaient la comprendre à travers quelques pratiques, rien de plus. La manière d'enseigner selon la Tradition du Soleil avait déjà été décrite deux mille ans plus tôt par l'Apôtre : « Et j'étais devant vous faible, craintif et tout tremblant ; ma parole et ma prédication n'avaient rien des discours persuasifs de la sagesse, mais elles étaient une démonstration faite par la puissance de l'Esprit, afin que votre foi ne soit pas fondée sur la sagesse des hommes, mais sur la puissance de Dieu. »

Cependant, les gens paraissaient incapables de comprendre ses propos sur la Tradition du Soleil, et ils étaient déçus parce qu'il était un homme comme tous les autres.

Il affirmait que non, qu'il était un Maître, et qu'il ne faisait que donner à chacun de bons moyens pour acquérir la Sagesse. Mais il leur fallait beaucoup plus : il leur fallait un guide. Ils ne comprenaient pas cette Nuit-là, ils ne comprenaient pas que n'importe quel guide dans la Nuit Obscure n'éclairerait, de sa lampe, que ce que lui-même voudrait voir. Et si, par hasard, cette lampe venait à s'éteindre, les gens seraient perdus, ne connaissant pas le chemin du retour.

Mais ils avaient besoin d'un guide. Et, pour être un bon Maître, il lui fallait aussi accepter les besoins des autres.

Alors il se mit à remplir ses enseignements d'éléments inutiles mais fascinants, que tous fussent capables d'accepter et d'apprendre. La méthode réussit. Les gens apprenaient la Tradition du Soleil, et quand enfin ils arrivaient à comprendre que beaucoup de choses que le Magicien leur avait fait faire étaient absolument inutiles, ils se moquaient d'eux-mêmes. Et le Magicien était content, parce qu'il avait enfin réussi à apprendre à enseigner.

Brida était différente. Son oraison avait profondément touché l'âme du Magicien. Elle parvenait à comprendre qu'aucun être humain qui a marché sur cette planète n'a été ou n'est différent des autres. Peu de gens étaient capables d'affirmer à haute voix que les grands Maîtres du passé avaient les mêmes qualités et les mêmes défauts que tous les hommes, et que cela ne diminua guère leur aptitude à chercher Dieu. Se croire pire que les autres, c'était l'un des actes d'orgueil les plus violents qu'il connaissait – c'était recourir à la manière la plus destructrice possible d'être différent.

Quand ils arrivèrent au bar, le Magicien demanda deux doses de whisky.

« Regarde ces gens, dit Brida. Ils doivent venir ici tous les soirs. Ils doivent faire toujours la même chose. »

Le Magicien douta soudain que Brida se sentît vraiment pareille aux autres.

« Tu te préoccupes trop des gens, répondit-il. Ils sont un miroir de toi-même.

— Je le sais. J'avais découvert ce qui pouvait me rendre joyeuse ou ce qui me rendait triste. Tout d'un coup, j'ai compris qu'il fallait modifier ces notions. Mais c'est difficile.

— Qu'est-ce qui t'a fait changer d'avis ?

— L'Amour. Je connais un homme qui me complète. Il y a trois jours, il m'a montré que son monde aussi était plein de mystères. Alors je ne suis pas seule. »

Le Magicien resta impassible. Mais il se rappela les bénédictions de Dieu qui brisent les vitres en mille éclats.

« L'aimes-tu ?

— J'ai découvert que je pouvais l'aimer encore davantage. Si ce chemin ne m'enseigne rien de nouveau à partir de maintenant, j'ai au moins appris quelque chose d'important : il faut courir des risques. »

Il avait préparé une grande nuit, pendant qu'ils descendaient la montagne. Il voulait montrer combien il avait besoin d'elle, montrer qu'il était un homme comme tous les autres, lassé de tant de solitude. Mais elle ne voulait que des réponses à ses questions.

« Il y a un phénomène étrange dans l'air », dit la jeune fille. L'atmosphère semblait différente.

« Ce sont les Messagers, répondit le Magicien. Les démons artificiels, ceux qui ne font pas partie du bras gauche de Dieu, ceux qui ne nous conduisent pas vers la lumière. »

Ses yeux brillaient. Quelque chose avait vraiment changé, et il parlait de démons.

« Dieu a créé la légion de Son bras gauche pour que nous nous perfectionnions, pour que nous sachions que faire de notre mission, continua-t-il. Mais il a laissé à la charge de l'homme le pouvoir de concentrer les forces des ténèbres, et de créer ses propres démons. »

C'était ce qu'il faisait maintenant.

« Nous pouvons aussi concentrer les forces du Bien, dit la jeune fille, un peu effrayée.

— Nous ne le pouvons pas. »

Il était bon qu'elle posât une question, il avait besoin de se distraire. Il ne voulait pas faire apparaître un démon. Dans la Tradition du Soleil, on les appelait Messagers, et ils pouvaient faire beaucoup de bien, ou beaucoup de mal ; aux grands Maîtres seulement il était permis de les invoquer. Il était un grand Maître, mais il s'y refusait maintenant, parce que la force du Messager était dangereuse, surtout quand elle était mêlée aux déceptions de l'amour.

Brida était désorientée par la réponse. Le Magicien agissait d'une manière étrange.

« Nous ne pouvons pas concentrer le Bien, continua-t-il, faisant un immense effort pour veiller à ses propres paroles. La Force du Bien se répand toujours, comme la Lumière. Quand tu émets les vibrations du Bien, tu soulages toute l'humanité. Mais quand tu concentres les forces du Messager, tu ne fais du bien – ou du mal – qu'à toi-même. »

Ses yeux brillaient. Il appela le patron du bar et régla l'addition.

« Allons jusque chez moi, dit-il. Je vais préparer un thé et tu me diras quelles sont les questions importantes de ta vie. »

Brida hésita. C'était un homme attirant. Elle aussi était séduisante. Elle avait peur que cette nuit ne vînt ruiner son apprentissage.

« Je dois courir des risques », se répéta-t-elle.

La maison du Magicien se situait un peu à l'écart du village. Brida observa que, bien qu'assez différente de celle de Wicca, elle était confortable et décorée avec soin. Cependant, il n'y avait aucun livre en vue : le vide prédominait, avec peu de meubles.

Ils allèrent à la cuisine préparer le thé et revinrent au salon.

« Qu'es-tu venue faire ici aujourd'hui ? demanda le Magicien.

— Je m'étais promis que je reviendrais le jour où je saurais quelque chose.

— Et tu sais ?

— Un peu. Je sais que le chemin est simple, et par conséquent plus difficile que je ne l'avais pensé. Mais je serai brève. Voici la première question : pourquoi perds-tu ton temps avec moi ? »

« Parce que tu es mon Autre Partie », pensa le Magicien.

« Parce que j'ai moi aussi besoin de quelqu'un avec qui parler, répondit-il.

— Que penses-tu du chemin que j'ai choisi, celui de la Tradition de la Lune ? »

Le Magicien devait dire la vérité. Même s'il préférait que la vérité fût autre.

« C'était ton chemin. Wicca a tout à fait raison. Tu es une sorcière. Tu vas apprendre dans la mémoire du Temps les leçons que Dieu a enseignées. »

Et il se demanda pourquoi la vie était ainsi, pourquoi il avait rencontré une Autre Partie pour qui la seule manière possible d'apprendre était la Tradition de la Lune.

« Je n'ai plus qu'une question », dit Brida.

Il se faisait tard, bientôt il n'y aurait plus de bus.

« Je dois connaître la réponse, et je sais que Wicca ne me la donnera pas. Je le sais parce que c'est une femme qui me ressemble – elle sera toujours ma Maîtresse mais, concernant ce sujet, elle sera toujours une femme. Je veux savoir comment rencontrer mon Autre Partie. »

« Elle est devant toi », pensa le Magicien.

Mais il ne répondit rien. Il alla jusqu'à un coin du salon et éteignit les lumières. Il ne laissa allumée qu'une sculpture en acrylique, que Brida n'avait pas remarquée en entrant ; elle contenait de l'eau, et des bulles qui montaient et descendaient, emplissant la pièce de rayons rouges et bleus.

« Nous nous sommes déjà rencontrés deux fois, dit le Magicien, les yeux fixés sur la sculpture. Je n'ai la permission d'enseigner qu'à travers la Tradition du Soleil. La Tradition du Soleil réveille chez les créatures la sagesse ancestrale qu'elles possèdent.

— Comment puis-je découvrir mon Autre Partie par la Tradition du Soleil ?

— Voilà la grande quête des gens sur la Terre. »

121

Le Magicien répéta, sans le vouloir, les mots de Wicca.

Peut-être ont-ils appris avec le même Maître, pensa Brida.

« Et la Tradition du Soleil a mis dans le monde, pour que tous le voient, le signe de leur Autre Partie : l'étincelle dans les yeux.

— J'ai vu briller beaucoup d'yeux, dit Brida. Aujourd'hui même, dans le bar, j'ai vu tes yeux briller. C'est de cette façon que tout le monde cherche. »

« Elle a déjà oublié son oraison, pensa le Magicien. Elle croit de nouveau qu'elle est différente des autres. Elle est incapable de reconnaître ce que Dieu lui montre si généreusement. »

« Je ne comprends pas les yeux, insista-t-elle. Je veux savoir comment les gens découvrent leur Autre Partie par la Tradition de la Lune. »

Le Magicien se tourna vers Brida. Ses yeux étaient froids et dépourvus d'expression.

« Tu es triste pour moi, je le sais, continua-t-elle. Triste parce que je ne réussis pas encore à apprendre à travers les choses simples. Ce que tu ne comprends pas, c'est que les gens souffrent, se cherchent et se tuent par amour, sans savoir qu'ils accomplissent la mission divine de rencontrer leur Autre Partie. Tu as oublié, parce que tu es un sage et que tu ne te souviens plus des gens ordinaires ; je porte en moi des millénaires de désillusion, et je n'arrive plus à apprendre certaines choses à travers la simplicité de la vie. »

Le Magicien resta impassible.

« Un point, dit-il. Un point brillant sur l'épaule gauche de l'Autre Partie. C'est ainsi dans la Tradition de la Lune.

— Je m'en vais », dit-elle. Et elle désira qu'il la priât de rester. Elle aimait être là. Il avait répondu à sa question.

Le Magicien, cependant, se leva et la conduisit jusqu'à la porte.

« Je vais apprendre tout ce que tu sais, dit-elle. Je vais découvrir comment on voit ce point. »

Le Magicien attendit que Brida ait disparu sur la route. Il y avait un bus qui retournait à Dublin dans la demi-heure suivante, et il n'avait pas à s'inquiéter. Ensuite, il alla jusqu'au jardin et exécuta le rituel de toutes les nuits ; il avait l'habitude de ces gestes, mais parfois il fallait beaucoup d'efforts pour atteindre la concentration nécessaire. Aujourd'hui particulièrement, il se dispersait.

Le rituel terminé, il s'assit sur le seuil de la porte et resta à regarder le ciel. Il pensa à Brida. Il pouvait la voir dans le bus, le point lumineux sur son épaule gauche, que lui seul était capable de reconnaître, car elle était son Autre Partie. Il se dit qu'elle était sans doute très anxieuse de conclure une quête qu'elle avait entreprise le jour de sa naissance. Il se dit qu'elle était froide et distante depuis qu'ils étaient arrivés chez lui, et que c'était bon signe. Cela signifiait qu'elle était troublée par ses propres sentiments ; elle se défendait de ce qu'elle ne pouvait comprendre.

Il pensa aussi, avec une certaine crainte, qu'elle était amoureuse.

« Chaque être peut rencontrer son Autre Partie, Brida », dit tout haut le Magicien aux plantes de son jardin. Mais au fond, il comprit que lui aussi, bien qu'il connût depuis tant d'années la Tradition, avait encore besoin de renforcer sa foi, et qu'il s'adressait à lui-même.

« Tous, à un certain moment de nos vies, nous la croisons et nous la reconnaissons, continua-t-il. Si je n'étais pas un Magicien, et si je ne voyais pas le point sur ton épaule gauche, il me faudrait un peu plus de temps pour t'accepter. Mais tu lutterais pour moi, et un jour, je verrais l'étincelle dans tes yeux.

« Mais je suis un Magicien, et maintenant, c'est moi qui dois lutter pour toi. Pour que toute ma connaissance se transforme en sagesse. »

Il resta longtemps à regarder la nuit et à penser à Brida dans le bus. Il faisait plus froid que d'habitude – l'été allait bientôt s'achever.

« Il n'existe pas non plus de risque dans l'Amour, et tu vas l'apprendre par toi-même. Il y a des milliers d'années que les gens se cherchent et se trouvent. »

Mais soudain, il se rendit compte qu'il avait peut-être tort. Il y avait toujours un risque, un seul risque.

Qu'une même personne croise plus d'une Autre Partie dans la même incarnation.

Cela aussi arrivait depuis des millénaires.

HIVER ET PRINTEMPS

Durant les deux mois suivants, Wicca initia Brida aux premiers mystères de la sorcellerie. Selon elle, les femmes apprenaient ces matières plus rapidement que les hommes, parce que chaque mois avait lieu dans leur corps le cycle complet de la Nature : naissance, vie et mort. « Le Cycle de la Lune », dit-elle.

Brida dut acheter un cahier vierge et y inscrire toutes ses expériences psychiques à partir de leur première rencontre. Le cahier devait être régulièrement mis à jour, et porter sur sa couverture une étoile à cinq branches, qui associait tout ce qui était écrit à la Tradition de la Lune. Wicca lui raconta que toutes les sorcières possédaient un cahier comme celui-là, appelé *Le Livre des Ombres*, en hommage aux sœurs mortes durant quatre siècles de chasse aux sorcières.

« Pourquoi dois-je faire tout cela ?

— Nous devons réveiller le Don. Sans lui, tu ne pourrais connaître que les Petits Mystères. Le Don est ta manière de servir le monde. »

Brida dut réserver un coin inutilisé de sa maison pour installer un petit oratoire sur lequel une bougie brûlait jour et nuit. La bougie, selon la Tradition de la Lune, était le symbole des quatre éléments et contenait en elle la terre de la mèche, l'eau de la paraffine, le feu qui brûlait et l'air qui permettait au feu de brûler. La bougie servait également à lui rappeler qu'elle avait une mission à accomplir, et qu'elle était engagée dans cette mission. Seule la bougie devait demeurer visible – le reste devait être caché à l'intérieur d'une bibliothèque ou d'un tiroir ; depuis le Moyen Âge, la Tradition de la Lune exigeait que les sorcières entourent leurs activités du plus grand secret ; diverses prophéties annonçaient le retour des Ténèbres à la fin du millénaire.

Chaque fois que Brida rentrait chez elle et regardait la flamme de la bougie qui brûlait, elle sentait une responsabilité étrange, quasi sacrée.

Wicca lui ordonna de toujours prêter attention au bruit du monde. « Où que tu sois, tu peux écouter le bruit du monde, dit la sorcière. C'est un bruit qui ne cesse jamais, qui est présent dans les montagnes, dans la ville, dans les cieux et au fond de la mer. Ce bruit, semblable à une vibration, est l'Âme du Monde qui se transforme, qui marche vers la lumière. La sorcière doit y être attentive, car elle est une pièce importante dans cette longue course. »

Wicca expliqua aussi que les Anciens parlaient à notre monde par l'intermédiaire des symboles. Même si personne n'écoutait, même si presque tous avaient oublié le langage des symboles, les Anciens ne cessaient jamais de parler.

« Ce sont des êtres comme nous ? demanda Brida, un jour.

— Nous sommes eux. Et nous comprenons soudain tout ce que nous avons découvert dans nos vies passées, et tout ce que les grands sages ont inscrit dans l'Univers. Jésus a dit : "Il en est du Royaume de Dieu comme d'un homme qui jette la semence en terre : qu'il dorme ou qu'il soit debout, la nuit et le jour, la semence germe et grandit, il ne sait comment."

« L'humanité boit toujours à cette source intarissable, et quand tous affirment qu'elle est perdue, elle trouve un moyen de survivre. Elle a survécu quand les singes ont chassé les hommes des arbres, quand les eaux ont recouvert la terre. Et elle survivra lorsque tous se prépareront pour la catastrophe finale.

« Nous sommes responsables de l'Univers, parce que nous sommes l'Univers. »

Plus Brida côtoyait cette femme, plus elle constatait à quel point elle était jolie.

Wicca continua à lui enseigner la Tradition de la Lune. Elle lui fit fabriquer un poignard dont la lame devait être à double tranchant, et irrégulière comme une flamme. Brida chercha dans plusieurs boutiques, sans rien trouver de semblable ; mais Lorens résolut le problème en demandant à un chimiste spécialiste des métaux qui travaillait à l'université de fabriquer une lame de ce genre. Ensuite, il tailla lui-même un manche en bois et offrit à Brida le poignard. C'était sa manière d'affirmer qu'il respectait sa quête.

Le poignard fut consacré par Wicca, au cours d'un rituel compliqué qui mêlait paroles magiques, dessins au charbon sur la lame et quelques coups frappés à l'aide d'une cuiller en bois. Le poignard devait être utilisé comme un prolongement de son bras, en maintenant toute l'énergie du corps concentrée dans la lame. Pour cela, les fées se servaient d'une baguette magique et les magiciens avaient besoin d'une épée.

Quand Brida se montra surprise par le charbon et la cuiller en bois, Wicca expliqua qu'à l'époque de la chasse aux sorcières, les magiciennes étaient obligées d'utiliser des instruments qui pouvaient se confondre avec des objets de la vie quotidienne. Cette tradition fut maintenue avec le temps dans le cas de la lame, du charbon, et de la cuiller en bois. Les vrais instruments qu'utilisaient les Anciens s'étaient complètement perdus.

Brida apprit à brûler l'encens et à utiliser le poignard dans des cercles magiques. Il y avait un rituel qu'elle était obligée de réaliser chaque fois que la lune changeait de phase ; elle se dirigeait vers la fenêtre avec une coupe pleine d'eau et laissait la lune se refléter à la surface du liquide. Puis elle faisait en sorte que son visage se reflétât dans l'eau, de façon que l'image de la lune fût bien au milieu de sa tête. Lorsqu'elle était totalement concentrée, elle frappait l'eau avec le poignard, afin qu'elle et la lune se divisent en plusieurs reflets.

Cette eau devait être bue immédiatement et le pouvoir de la lune, alors, grandissait en elle.

« Rien de tout cela n'a de sens », déclara un jour Brida. Wicca n'y accorda pas grande importance, il lui était arrivé de penser la même chose. Mais elle se rappela les paroles de Jésus sur la semence qui grandit mystérieusement en chacun.

« Peu importe que cela ait un sens ou non, répliqua-t-elle. Souviens-toi de la Nuit Obscure. Plus tu feras cela, plus les Anciens communiqueront, d'abord d'une manière que tu ne comprends pas car seule ton âme écoute. Et un beau jour, les Voix se réveilleront. »

Brida ne voulait pas seulement réveiller les Voix, elle voulait connaître son Autre Partie. Mais elle ne commentait pas ces sujets avec Wicca.

Il lui était interdit de retourner dans le passé. Selon Wicca, c'était rarement nécessaire.

« N'utilise pas non plus les cartes pour voir l'avenir. Les cartes ne servent que pour le progrès silencieux, celui qui pénètre sans être perçu. »

Brida devait ouvrir le tarot trois fois par semaine et regarder les cartes étalées. Les visions n'apparaissaient pas toujours et, quand elles apparaissaient, c'étaient en général des scènes incompréhensibles. Quand elle protestait contre les visions, Wicca affirmait que ces scènes avaient une signification tellement profonde qu'elle était encore incapable de la saisir.

« Pourquoi ne dois-je pas lire le sort ?

— Seul le présent a le pouvoir sur nos vies, répondit Wicca. Quand tu lis le sort dans un jeu de cartes, tu attires l'avenir vers le présent. Et cela risque de causer de graves dégâts : le présent peut brouiller ton avenir. »

Une fois par semaine, elles allaient jusqu'au bois, et la sorcière enseignait à l'apprentie le secret des herbes. Pour Wicca, chaque chose en ce monde portait la signature de Dieu, en particulier les plantes. Certaines feuilles ressemblaient au cœur, et elles étaient bonnes pour les maladies cardiaques, tandis que les fleurs dont la forme rappelait les yeux soignaient les problèmes ophtalmiques. Brida commença à découvrir que beaucoup d'herbes possédaient réellement une grande ressemblance avec les organes humains et, dans un abrégé de médecine populaire que Lorens emprunta à la bibliothèque de l'université, elle découvrit des recherches qui donnaient raison à la tradition des paysans et des sorcières.

« Dieu a mis dans les forêts sa pharmacie, dit Wicca, un jour où elles se reposaient toutes deux sous un arbre. Pour que tous les hommes puissent être en bonne santé. »

Brida savait que sa maîtresse avait d'autres apprentis, mais il lui fut difficile de le découvrir – le chien ne manquait jamais d'aboyer à l'heure juste. Cependant, elle avait croisé dans l'escalier une dame, une jeune fille qui avait à peu près son âge, et un homme en costume. Brida accompagnait discrètement leurs pas dans l'immeuble et les vieilles planches du sol dénonçaient leur destination : l'appartement de Wicca.

Un jour, Brida se risqua à s'enquérir des autres disciples.

« La force de la sorcellerie est une force collective, répondit Wicca. Ce sont les différents Dons qui maintiennent l'énergie du travail toujours en mouvement. Ils dépendent l'un de l'autre. »

Wicca expliqua qu'il existait neuf Dons, et que la Tradition du Soleil comme celle de la Lune veillaient à ce qu'ils traversent les siècles.

« De quels Dons s'agit-il ? »

Wicca rétorqua à Brida qu'elle était paresseuse, qu'elle passait son temps à poser des questions, et qu'une vraie sorcière devait s'intéresser à toutes les quêtes spirituelles du monde. Elle lui conseilla de relire la Bible

(« dans laquelle se trouve toute la vraie sagesse occulte ») et de chercher les Dons dans la première Épître de saint Paul aux Corinthiens. Brida chercha et découvrit les neuf Dons : le message de sagesse, le message de la connaissance, la foi, la guérison, le pouvoir de faire des miracles, la prophétie, le discernement des esprits, le don de parler en langues, et celui de les interpréter.

Alors seulement elle comprit quel était le don qu'elle cherchait : celui de parler avec les esprits.

Wicca apprit à danser à Brida. Elle lui dit qu'elle devait déplacer son corps en accord avec le bruit du monde, cette vibration toujours présente. Il n'y avait aucune technique spéciale, il lui suffisait de réaliser n'importe quel mouvement qui lui venait à l'esprit. Mais Brida eut besoin d'un peu de temps pour s'habituer à agir et à danser sans logique.

« Le Magicien de Folk t'a appris ce qu'est la Nuit Obscure. Dans les deux Traditions, qui en réalité ne font qu'une, la Nuit Obscure est la seule manière de progresser. Quand nous nous enfonçons sur le chemin de la magie, notre premier geste est de nous abandonner à un pouvoir supérieur. Nous serons confrontés à des choses que nous ne comprendrons jamais.

« Plus rien n'aura la logique à laquelle nous sommes habitués. Nous allons comprendre avec notre seul cœur, et cela peut faire un peu peur. Le voyage va ressembler, pendant très longtemps, à une Nuit Obscure. Toute quête est un acte de foi.

« Mais Dieu, qui est plus difficile à comprendre qu'une Nuit Obscure, apprécie notre acte de foi. Il nous tient la main et nous guide à travers le Mystère. »

Wicca parlait du Magicien sans rancœur ni chagrin. Brida se trompait, elle n'avait jamais eu de relation amoureuse avec lui ; c'était écrit dans ses yeux. L'irritation de l'autre jour venait peut-être du fait que leurs chemins étaient différents. Les sorciers et les magiciens étaient vaniteux, et chacun voulait prouver à l'autre que sa quête était la plus juste.

Brusquement, elle se rendit compte de ce qu'elle venait de penser.

Wicca n'était pas amoureuse du Magicien, à cause de ses yeux.

Elle avait vu cela dans des films, dans des livres. Tout le monde savait reconnaître les yeux d'une personne amoureuse.

« Je n'arrive à comprendre les choses simples qu'après m'être attelée aux compliquées, pensa-t-elle. Peut-être un jour pourrai-je suivre la Tradition du Soleil. »

On était déjà à la mi-automne, et le froid commençait à devenir insupportable, quand Brida reçut un coup de téléphone de Wicca.

« Retrouvons-nous dans la forêt. Dans deux jours, la nuit de la nouvelle lune, un peu avant la tombée de la nuit. »

Elle n'en dit pas plus.

Brida passa les deux jours à penser au rendez-vous. Elle accomplit les rituels habituels, dansa sur le bruit du monde. « Je préférerais que ce soit une chanson », pensait-elle, chaque fois qu'elle devait danser. Mais elle s'accoutumait presque à bouger son corps en suivant cette étrange vibration, qu'elle parvenait à mieux sentir pendant la nuit, ou dans les endroits silencieux comme les églises. Wicca lui avait dit que lorsqu'on dansait sur la musique du monde, l'âme s'habituait mieux au corps, et les tensions diminuaient. Brida commença à observer comment les gens marchaient dans les rues sans savoir où mettre leurs mains, sans bouger les hanches et les épaules. Elle eut envie d'expliquer à tous que le monde jouait une mélodie, que s'ils dansaient un peu sur cette musique, en laissant seulement leur corps bouger sans logique quelques minutes par jour, ils se sentiraient bien mieux.

Mais cette danse était de la Tradition de la Lune et n'était connue que des sorcières. Il y avait certainement quelque chose de semblable dans la Tradition du Soleil. Il y avait toujours quelque chose de semblable dans la Tradition du Soleil, bien que personne n'aimât apprendre par ce moyen.

« Nous ne parvenons plus à vivre avec les secrets du monde, disait-elle à Lorens. Et cependant ils sont tous devant nous. Je veux être une sorcière pour les entrevoir. »

Le jour convenu, Brida se rendit au bois. Elle marcha entre les arbres, sentant la présence magique des esprits de la nature. Six cents ans auparavant, ce bois était le lieu sacré des druides – jusqu'au jour où saint Patrick chassa les serpents d'Irlande, et les cultes druidiques disparurent. Le respect pour ce lieu se transmit cependant de génération en génération, et aujourd'hui encore les habitants du village voisin le respectaient et le craignaient.

Elle trouva Wicca dans la clairière, vêtue de son manteau. Avec elle se trouvaient quatre autres personnes, toutes vêtues normalement, et toutes des femmes. Là où plus tôt elle avait remarqué des cendres, un bûcher était allumé. Brida regarda le feu avec une peur inexplicable – elle ne savait pas si c'était à cause de la partie de Loni qu'elle portait en elle, ou si le bûcher était une expérience répétée dans d'autres incarnations.

D'autres femmes arrivèrent, certaines de son âge, d'autres plus vieilles que Wicca. En tout, elles étaient neuf.

« Je n'ai pas invité les hommes aujourd'hui. Nous allons attendre le règne de la Lune. »

Le règne de la Lune, c'était la nuit.

Elles restèrent autour du feu, à papoter des sujets les plus rebattus, et Brida eut la sensation d'avoir été invitée à un thé de commères où seul le décor différait.

Mais quand le ciel se couvrit d'étoiles, l'atmosphère changea. Wicca n'eut à donner aucun ordre ; peu à peu, la conversation prit fin, et Brida se demanda si elles remarquaient seulement maintenant la présence du feu et du bois.

Après un moment de silence, Wicca prit la parole.

« Une fois par an, cette nuit, les sorcières du monde entier se réunissent pour faire une oraison et rendre hommage à leurs ancêtres. Ainsi le veut la Tradition ; dans la dixième lune de l'année, nous devons nous rassembler autour du bûcher, qui fut la vie et la mort de nos sœurs persécutées. »

Wicca retira de son manteau une cuiller en bois.

« Voici le symbole », dit-elle, en la montrant à toutes.

Les femmes restèrent debout et se donnèrent la main. Puis, levant en l'air leurs mains jointes, elles écoutèrent la prière de Wicca.

« Que la bénédiction de la Vierge Marie et de son fils Jésus descende sur nous cette nuit. Dans notre corps dort l'Autre Partie de nos ancêtres ; que la Vierge Marie nous bénisse.

« Qu'elle nous bénisse parce que nous sommes des femmes, et que nous vivons aujourd'hui dans un monde où les hommes nous aiment et nous comprennent de plus en plus. Cependant, nous avons dans le corps la marque des vies passées, et ces marques sont encore douloureuses.

« Que la Vierge Marie nous délivre de ces marques et efface à tout jamais notre sentiment de culpabilité. Nous nous sentons coupables quand nous sortons de la maison, parce que nous laissons nos enfants pour gagner de quoi les nourrir. Nous nous sentons coupables quand nous restons chez nous, parce qu'il semble que nous ne profitons pas de la liberté du monde. Nous nous sentons coupables de tout, et nous ne pouvons pas être coupables, parce que nous avons toujours été tenues à l'écart des décisions et du pouvoir.

« Que la Vierge Marie nous rappelle toujours que c'est nous, les femmes, qui sommes restées près de Jésus au moment où les hommes fuyaient et reniaient leur foi. Que c'est nous qui avons pleuré pendant qu'il portait la croix, qui sommes restées à ses pieds à l'heure de la mort, que c'est nous qui avons visité le sépulcre vide. Que nous ne devons pas être coupables.

« Que la Vierge Marie nous rappelle toujours que nous avons été brûlées et persécutées parce que nous prêchions la religion de l'Amour. Tandis que les gens tentaient d'arrêter le temps par la force du péché, nous nous réunissions dans les fêtes interdites pour célébrer ce qu'il y avait encore de beau dans le monde. C'est pour cela que nous avons été condamnées et brûlées sur les places.

« Que la Vierge Marie nous rappelle toujours que, tandis que les hommes étaient jugés en place publique pour des conflits territoriaux, les femmes étaient jugées en place publique pour cause d'adultère.

« Que la Vierge Marie nous rappelle toujours nos ancêtres, qui devaient se travestir en hommes, comme sainte Jeanne d'Arc, pour accomplir la parole du Seigneur. Et pourtant, nous sommes mortes sur le bûcher. »

Wicca saisit la cuiller en bois des deux mains et tendit les bras en avant.

« Voilà le symbole du martyre de nos ancêtres. Que la flamme qui a dévoré leurs corps reste toujours allumée dans nos âmes. Parce qu'elles sont en nous. Parce que nous sommes elles. »

Et elle jeta la cuiller en bois dans le bûcher.

Brida continua à exécuter les rituels que Wicca lui avait enseignés. Elle gardait la bougie toujours allumée, dansait sur le bruit du monde. Elle notait dans le *Livre des Ombres* ses rencontres avec la sorcière et se rendait dans le bois sacré deux fois par semaine. Elle observa, à sa surprise, qu'elle comprenait déjà un peu les herbes et les plantes.

Mais les Voix que Wicca désirait réveiller ne se manifestaient pas.

Elle ne parvenait pas non plus à voir le point lumineux.

« Peut-être que je ne connais pas encore mon Autre Partie », pensa-t-elle avec une certaine crainte. Tel était le destin de celle qui connaissait la Tradition de la Lune : ne jamais se tromper sur l'homme de sa vie. Cela signifiait que plus jamais, à partir du moment où elle deviendrait une vraie sorcière, elle n'aurait sur l'amour les illusions que se font toutes les autres personnes. Cela signifiait moins souffrir, c'est vrai – peut-être même cela signifiait-il ne plus souffrir du tout, parce qu'elle pouvait aimer tout plus intensément ; l'Autre Partie était une mission divine dans la vie de chacun. Même s'il lui fallait partir un jour, l'amour pour son Autre Partie – ainsi l'enseignaient les Traditions – était couronné de gloire, de compréhension et d'une nostalgie purificatrice.

Mais cela signifiait aussi qu'à partir du moment où elle pourrait voir le point lumineux, elle ne connaîtrait plus les charmes de la Nuit Obscure de l'Amour. Brida pensait à toutes les fois où la passion l'avait torturée, aux nuits qu'elle avait passées éveillée, attendant quelqu'un qui ne téléphonait pas, aux week-ends romantiques qui ne résistaient pas à la semaine suivante, aux fêtes dans lesquelles elle jetait des regards inquiets dans toutes les directions, à la joie de la conquête seulement pour se prouver que c'était possible, à la tristesse de la solitude quand elle était persuadée que le fiancé de l'une de ses amies était précisément le seul homme au monde capable de la rendre heureuse. Tout cela faisait partie de son monde, et du monde de tous ceux qu'elle connaissait. C'était cela l'amour, et les gens cherchaient leur Autre Partie de cette manière depuis le commencement des temps – en regardant dans les yeux, en cherchant à y découvrir la lumière et le désir. Elle n'avait jamais accordé aucune valeur à tout cela, au contraire, elle pensait qu'il était inutile de souffrir pour quelqu'un, inutile de mourir de peur de ne pas rencontrer une autre personne avec qui partager sa vie. Maintenant qu'elle pouvait se délivrer de cette peur, elle était moins certaine de ce qu'elle voulait.

« Est-ce que je veux vraiment voir le point lumineux ? »

Elle se souvint du Magicien, et commença à penser qu'il avait raison, et que la Tradition du

Soleil était la seule manière correcte de traiter l'Amour. Mais elle ne pouvait pas changer d'avis maintenant ; elle connaissait un chemin, elle devait aller jusqu'au bout. Elle savait que, si elle renonçait, il lui serait de plus en plus difficile de faire le moindre choix dans la vie.

Un après-midi, après une longue leçon sur les rituels que pratiquaient autrefois les sorcières pour faire pleuvoir – Brida devait les noter dans son *Livre des Ombres*, quand bien même elle ne les utiliserait jamais –, Wicca lui demanda si elle se servait de tous les vêtements qu'elle possédait.

« Évidemment non, répondit-elle.

— Eh bien, à partir de cette semaine, porte tout ce qui se trouve dans ton armoire. »

Brida pensa qu'elle n'avait pas bien compris.

« Tout ce qui contient notre énergie doit être toujours en mouvement, dit Wicca. Les vêtements que tu as achetés font partie de toi, et représentent des moments particuliers. Des moments où tu es sortie de chez toi disposée à te faire un cadeau, parce que tu étais contente du monde. Des moments où quelqu'un t'a fait du mal, et où tu avais besoin de compenser. Des moments où tu as cru qu'il était nécessaire de changer de vie.

« Les vêtements transforment toujours l'émotion en matière. Ils sont l'un des ponts entre le visible et l'invisible. Il y a même certains vêtements qui peuvent faire du mal, parce qu'ils ont été faits pour d'autres et se sont finalement retrouvés en ta possession. »

Brida comprenait ce qu'elle voulait dire. Il y avait des vêtements dont elle ne pouvait pas se servir ; chaque fois qu'elle les portait, un malheur arrivait.

« Débarrasse-toi des vêtements qui n'ont pas été faits pour toi, insista Wicca. Et sers-toi de tous les autres. Il est important de garder toujours la terre retournée, la vague écumante, et l'émotion en mouvement. L'Univers entier bouge : nous ne pouvons pas rester immobiles. »

En arrivant chez elle, Brida mit sur son lit tout le contenu de son armoire. Elle regarda chaque vêtement – il y en avait beaucoup dont elle avait oublié l'existence ; d'autres lui rappelaient des moments heureux du passé, mais ils n'étaient plus à la mode. Brida les conservait malgré tout, parce que ces vêtements semblaient posséder une espèce de sortilège – si jamais elle s'en débarrassait, elle risquait de se défaire des bonnes choses qu'elle avait vécues en les portant.

Elle regarda les vêtements qui selon elle avaient « le plus de vibrations ». Elle avait toujours nourri l'espoir que ces vibrations s'inverseraient un jour, et qu'elle pourrait les utiliser de nouveau, mais chaque fois qu'elle décidait de faire un « test », elle finissait par avoir des problèmes.

Elle se rendit compte que sa relation aux vêtements était apparemment plus compliquée qu'il n'y semblait. Il lui était cependant difficile d'accepter que Wicca se mêle de ce qu'il y avait de plus intime et de plus personnel dans sa vie, sa façon de s'habiller. Certains vêtements devaient être réservés à des occasions particulières, et elle seule pouvait décider de leur usage. D'autres ne convenaient pas pour le travail, ou même pour les sorties du week-end. Pourquoi Wicca devait-elle se mêler de cela ? Jamais Brida n'avait remis en question un ordre de cette dernière ; elle dansait et allumait des bougies, enfonçait des poignards dans l'eau et apprenait des choses dont elle ne se servirait jamais. Elle pouvait accepter que tout cela fasse partie d'une Tradition, une Tradition qu'elle ne comprenait pas mais qui parlait peut-être à son côté inconnu. Mais au moment où elle touchait à ses vêtements, elle touchait aussi à sa manière d'être au monde.

Qui sait si Wicca n'avait pas outrepassé les limites de son pouvoir ? Qui sait si elle n'était pas en train de tenter d'intervenir dans un domaine qui ne la concernait pas ?

« Il est plus difficile de changer ce qui se trouve à l'extérieur que ce qui est à l'intérieur. »

Quelqu'un avait parlé. D'un mouvement instinctif, Brida regarda effrayée autour d'elle. Mais elle était certaine qu'elle n'allait trouver personne.

C'était la Voix.

La Voix que Wicca voulait réveiller.

Elle maîtrisa son excitation et sa peur. Elle resta silencieuse, dans l'attente d'une nouvelle intervention – mais elle n'entendait que le bruit de la rue, le son d'une télévision allumée au loin et le bruit du monde omniprésent. Elle essaya de reprendre la position dans laquelle elle se trouvait, et de penser aux mêmes choses. Tout s'était passé si vite qu'elle n'avait même pas sursauté, et n'avait été ni étonnée ni fière d'elle-même.

Mais la Voix avait parlé. Même si le monde entier lui prouvait que c'était le fruit de son imagination, même si la chasse aux sorcières revenait soudain et qu'elle devait affronter des tribunaux et mourir sur le bûcher, elle avait la complète et absolue certitude qu'elle avait entendu une voix qui n'était pas la sienne.

« Il est plus difficile de changer ce qui se trouve à l'extérieur que ce qui est à l'intérieur. » La Voix aurait pu tenir des propos plus grandioses, puisque c'était la première fois qu'elle l'entendait dans cette incarnation. Mais soudain, Brida sentit une joie immense l'envahir. Elle eut envie de téléphoner à Lorens, de rendre visite au Magicien, de raconter à Wicca que son Don était apparu, et qu'elle pouvait maintenant faire partie de la Tradition de la Lune. Elle marcha de long en large, fuma quelques cigarettes, et ce n'est qu'une demi-heure plus tard qu'elle réussit à se calmer suffisamment pour se rasseoir sur le lit, où tous les vêtements étaient répandus.

La Voix avait raison. Brida avait livré son âme à une femme étrangère et – aussi absurde que cela puisse paraître – il était beaucoup plus facile de livrer son âme que sa façon de s'habiller.

Maintenant seulement elle comprenait jusqu'à quel point ces exercices, apparemment dépourvus de sens, touchaient à sa vie. Maintenant seulement, elle pouvait sentir à quel point, en changeant à l'extérieur, elle s'était transformée intérieurement.

Quand elle retrouva Brida, Wicca voulut tout savoir sur la Voix – chaque détail était noté dans *Le Livre des Ombres* et Wicca fut satisfaite.

« À qui est la Voix ? » demanda Brida.

Mais Wicca avait des choses plus essentielles à dire que de répondre aux éternelles questions de la jeune fille.

« Jusqu'à présent, je t'ai montré comment revenir au chemin que ton âme parcourt depuis plusieurs incarnations. Tu as réveillé cette connaissance en parlant directement avec l'âme par l'intermédiaire des symboles et des rituels de nos ancêtres. Tu protestais, mais ton âme était contente parce qu'elle retrouvait sa mission. Pendant que tu te mettais en colère contre les exercices, que tu t'ennuyais de la danse et que les rituels te faisaient mourir de sommeil, ton côté occulte buvait de nouveau à la sagesse du Temps, tu te rappelais ce que tu avais déjà appris et la semence poussait sans que tu saches comment. Mais le moment est venu de commencer à apprendre davantage. Cela s'appelle l'Initiation, car c'est là que se trouve ta véritable entrée dans les choses que tu dois savoir dans cette vie. La Voix indique que tu es prête.

« Dans la tradition des sorcières, l'Initiation se fait toujours lors des équinoxes, à ces dates de l'année où les jours et les nuits ont une durée égale. Le prochain est l'équinoxe de printemps, le 21 mars. J'aimerais que ce soit la date de ton Initiation, parce que moi aussi j'ai été initiée lors de cet équinoxe. Tu sais manier les instruments, et tu connais les rituels nécessaires pour garder toujours ouvert le pont entre le visible et l'invisible. Ton âme se souvient encore des leçons des vies passées, chaque fois que tu réalises un rituel que tu connais déjà.

« En entendant la Voix, tu as attiré vers le monde visible ce qui se passait déjà dans le monde invisible. C'est-à-dire que tu as compris que ton âme était prête pour l'étape suivante. Le premier grand objectif a été atteint. »

Brida se souvint qu'elle voulait aussi voir le point lumineux. Mais depuis qu'elle avait commencé à réfléchir sur la recherche de l'amour, cela perdait chaque semaine un peu plus de son importance.

« Il ne manque qu'une épreuve pour que tu sois admise à l'Initiation du printemps. Si tu ne réussis pas maintenant, ne t'inquiète pas, ton avenir contient de nombreux équinoxes, et un jour tu seras initiée. Jusqu'à présent, tu as abordé ton côté masculin : la connaissance. Tu es capable de comprendre ce que tu sais, mais tu n'as pas encore touché à la grande force féminine, une des forces maîtresses de la transformation. Et connaissance sans transformation n'est pas sagesse.

« Cette force a toujours été Pouvoir en Malédiction, des sorcières en général, et des femmes en particulier. Toutes les personnes qui marchent sur la planète connaissent cette force. Toutes savent que nous sommes, nous les femmes, les grandes gardiennes de ces secrets. À cause de cette force, nous avons été condamnées à errer dans un monde périlleux et hostile, parce que nous la réveillions et que, dans certains endroits, elle était abominée. Celle qui touche à cette force, même sans le savoir, est unie à elle pour le restant de ses jours. On peut être son seigneur ou son esclave, on peut la transformer en une force magique ou l'utiliser toute sa vie sans jamais se rendre compte de son immense pouvoir. Cette force se trouve dans tout ce qui nous entoure, elle est dans le monde visible des hommes et dans le monde invisible des mystiques. Elle peut être massacrée, humiliée, cachée, niée même. Elle peut dormir des années, oubliée dans un coin quelconque, elle peut être traitée par l'humanité de presque toutes les manières, sauf une : au moment où quelqu'un connaît cette force, plus jamais il ne pourra l'oublier.

— Et quelle est cette force ?

— Cesse de me poser des questions stupides, répondit Wicca. Je sais bien que tu le sais. »

Brida savait.

Le sexe.

Wicca écarta un des rideaux d'un blanc immaculé et montra le paysage. La fenêtre donnait sur la rivière, les vieux immeubles et les montagnes à l'horizon. Dans une de ces montagnes vivait le Magicien.

« Qu'est-ce que c'est, ça ? demanda Wicca, indiquant le haut d'une église.

— Une croix. Le symbole du christianisme.

— Un Romain ne serait jamais entré dans un édifice portant cette croix. Il aurait pensé qu'il s'agissait d'une maison de supplices, puisque ce symbole représente l'un des plus horribles instruments de torture que l'homme ait inventés.

« La croix est la même, mais sa signification a changé. De même, quand les hommes étaient proches de Dieu, le sexe était la communion symbolique avec l'unité divine. Le sexe, c'était les retrouvailles avec le sens de la vie.

— Pourquoi les gens qui cherchent Dieu s'éloignent-ils en général du sexe ? »

Wicca était agacée d'être interrompue. Mais elle décida de répondre.

« Quand je parle de la force, je ne parle pas seulement de l'acte sexuel. Certaines personnes utilisent cette force mais ne s'en servent pas. Tout dépend du chemin choisi.

— Je connais cette force, dit Brida. Je sais comment l'utiliser. »

C'était le moment de revenir au sujet.

« Tu connais peut-être le sexe au lit. Ce n'est pas connaître la force. L'homme comme la femme sont absolument vulnérables à la force du sexe, parce que le plaisir et la peur y ont la même importance.

— Et pourquoi le plaisir et la peur vont-ils ensemble ? »

Enfin la jeune fille avait posé une question à laquelle il valait la peine de répondre.

« Parce que celui qui connaît bien le sexe sait qu'il se trouve devant un phénomène qui n'atteint toute son intensité que lorsque l'on perd le contrôle. Quand nous faisons l'amour avec quelqu'un, nous lui donnons la permission de communier non seulement avec notre corps

154

mais aussi avec toute notre personnalité. Ce sont les forces pures de la vie qui communiquent entre elles, indépendamment de nous – et, alors, nous ne pouvons pas cacher ce que nous sommes.

« Peu importe l'image que nous avons de nous-mêmes. Peu importe les déguisements, les réponses toutes faites, les sorties honorables. Dans le sexe, il est difficile de tromper l'autre, parce que chacun se montre tel qu'il est réellement. »

Wicca parlait comme quelqu'un qui connaissait bien cette force. Ses yeux brillaient, et il y avait de l'orgueil dans sa voix. Peut-être était-ce grâce à cette force qu'elle restait si attirante. C'était bon d'apprendre avec elle : un jour, elle finirait par découvrir le secret de tout ce charme.

« Pour que l'Initiation puisse avoir lieu, tu dois rencontrer cette force. Le reste, le sexe des sorcières, appartient aux Grands Mystères, et tu sauras après la cérémonie.

— Comment la rencontrer, alors ?

— C'est une formule simple, et comme toutes les choses simples, ses résultats sont beaucoup plus difficiles que tous les rituels compliqués que je t'ai enseignés jusqu'à présent. »

Wicca s'approcha de Brida, la prit par les épaules et la regarda au fond des yeux.

« Voici la formule : utilise sans cesse tes cinq sens. S'ils arrivent ensemble au moment de l'orgasme, tu seras admise pour l'Initiation. »

« Je suis venue te présenter des excuses », dit la jeune fille.

Ils se trouvaient à l'endroit où ils s'étaient rencontrés l'autre fois ; les pierres du côté droit de la montagne, d'où l'on voyait l'immense vallée.

« Parfois je pense une chose et j'en fais une autre, continua-t-elle. Mais si un jour tu as connu l'amour, tu sais combien il en coûte de souffrir pour lui.

— Oui, je sais », répondit le Magicien. C'était la première fois qu'il parlait de sa vie personnelle.

« Tu avais raison pour le point lumineux. La vie perd un peu de son charme. J'ai découvert que chercher pouvait être aussi intéressant que trouver.

— Dès que l'on surmonte la peur.

— C'est vrai. »

Et Brida se réjouit de savoir que lui aussi, malgré toutes ses connaissances, ressentait encore la peur.

Ils se promenèrent tout l'après-midi dans la forêt recouverte de neige. Ils parlèrent des plantes, du paysage et des façons qu'ont les araignées d'étendre leurs toiles dans cette région. À un certain moment, ils rencontrèrent un berger qui rentrait son troupeau de brebis.

« Bonjour, Santiago ! »

Le Magicien salua le berger. Puis il se tourna vers elle.

« Dieu a une prédilection particulière pour les bergers. Ce sont des personnes habituées à la nature, au silence, et à la patience. Ils possèdent toutes les vertus nécessaires pour communier avec l'Univers. »

Jusqu'à cet instant, ils n'avaient pas abordé ces sujets, et Brida ne voulait pas aller trop vite. Elle se remit à parler de sa vie et de ce qui se passait dans le monde. Son sixième sens l'avertit qu'elle devait éviter le nom de Lorens – elle ne savait pas pourquoi le Magicien lui consacrait autant d'attention, mais elle devait garder allumée cette flamme. Pouvoir en Malédiction, avait dit Wicca. Elle avait un objectif et lui seul pouvait l'aider à l'atteindre.

Ils passèrent près de quelques agneaux, qui traçaient, avec leurs sabots, un joli sentier dans la neige. Cette fois, il n'y avait pas de berger, mais les agneaux semblaient savoir où ils allaient, et ce qu'ils désiraient trouver. Le Magicien contempla un long moment les animaux, comme s'il se trouvait face à un grand secret de la Tradition du Soleil, que Brida ne parvenait pas à comprendre.

À mesure que la lumière du jour baissait, se dissipait aussi le sentiment de terreur et de respect qui s'emparait d'elle chaque fois qu'elle rencontrait cet homme ; pour la première fois, elle était tranquille et confiante à ses côtés. Peut-être parce qu'elle n'avait plus besoin de démontrer ses Dons – elle avait écouté la Voix, et son entrée dans le monde de ces hommes et de ces femmes n'était qu'une question de temps. Elle aussi appartenait au chemin des mystères et, à partir du moment où elle avait écouté la Voix, l'homme qui se trouvait près d'elle faisait partie de son Univers.

Elle eut envie de lui prendre les mains et de lui demander de lui montrer un peu de la Tradition du Soleil, de même qu'elle demandait souvent à Lorens de lui parler des vieilles étoiles. C'était une manière de dire qu'ils voyaient la même chose, sous des angles différents.

Quelque chose lui disait qu'il en avait besoin, et ce n'était pas la Voix mystérieuse de la Tradition de la Lune, mais la voix inquiète, et parfois stupide, de son cœur. Une voix qu'elle n'écoutait pas beaucoup, car elle la conduisait toujours sur des chemins qu'elle ne parvenait pas à comprendre.

Les émotions, tels des chevaux sauvages, voulaient se faire entendre. Brida les laissa courir librement quelque temps, jusqu'à ce qu'elles s'épuisent. Les émotions lui disaient quel bon après-midi ce serait si elle était amoureuse de lui. Lorsqu'elle était amoureuse, elle était capable de tout apprendre, et de connaître des choses auxquelles elle n'osait même pas penser, parce que l'amour était la clef pour la compréhension de tous les mystères.

Elle imagina de nombreuses scènes d'amour, puis elle reprit le contrôle de ses émotions. Alors elle se dit qu'elle ne pourrait jamais aimer un homme comme celui-là, parce qu'il comprenait l'Univers, et tous les sentiments humains étaient petits quand on les voyait de loin.

Ils arrivèrent aux ruines d'une vieille église. Le Magicien s'assit sur un des nombreux monticules de pierre taillée répandus sur le sol ; Brida nettoya la neige sur le rebord d'une fenêtre.

« Ce doit être agréable de vivre ici, de passer les journées dans une forêt, et la nuit de dormir dans une maison bien chauffée, dit-elle.

— Oui, c'est bon. Je connais le chant des oiseaux, je sais lire les signes de Dieu, j'ai appris la Tradition du Soleil et la Tradition de la Lune. »

« Mais je suis seul, eut-il envie de dire. Et cela n'avance à rien de comprendre tout l'Univers lorsque l'on est seul. »

Là, devant lui, allongée sur le rebord d'une fenêtre, se trouvait son Autre Partie. Il pouvait voir le point de lumière sur son épaule gauche, et il regretta d'avoir appris les Traditions. Parce que c'était peut-être ce point qui l'avait fait tomber amoureux de cette femme.

« Elle est intelligente. Elle a deviné le danger et maintenant elle ne veut plus rien savoir des points lumineux. »

« J'ai entendu mon Don. Wicca est une excellente Maîtresse. »

C'était la première fois qu'elle abordait le sujet de la magie cet après-midi-là.

« Cette Voix va t'enseigner les mystères du monde, les mystères qui sont emprisonnés dans le temps, et qui sont portés de génération en génération par les sorcières. »

Il parla sans prêter attention à ses propres paroles. Il tentait de se rappeler quand il avait rencontré son Autre Partie pour la première fois. Les personnes solitaires perdent le sens du temps, les heures sont longues et les jours interminables. Pourtant, il savait qu'ils n'avaient été ensemble que deux fois. Brida apprenait tout très rapidement.

« Je connais les rituels, et je serai initiée aux Grands Mystères quand arrivera l'équinoxe. »

Sa tension revenait.

« Il y a, cependant, une chose que je ne sais pas encore. La Force que tous connaissent et révèrent comme un mystère. »

Le Magicien comprit pourquoi elle était venue cet après-midi-là. Ce n'était pas seulement pour se promener au milieu des arbres et laisser les traces de deux pieds dans la neige, des traces qui se rapprochaient à chaque minute.

Brida ajusta le col de son manteau autour de son visage. Il ne savait pas si elle faisait cela parce que le froid est plus fort quand on cesse de marcher, ou si elle voulait dissimuler sa nervosité.

« Je veux apprendre à réveiller la force du sexe. Les cinq sens, dit-elle enfin. Wicca n'aborde pas ce sujet. Elle dit que, de même que j'ai découvert la Voix, je découvrirai cela aussi. »

Ils demeurèrent quelques minutes silencieux. Elle se demandait si elle devait aborder ce sujet justement dans les ruines d'une église. Mais elle se rappela qu'il existait de nombreuses manières de travailler la Force. Les moines qui avaient vécu là la travaillaient par l'abstinence, et ils auraient compris ce qu'elle voulait dire.

« J'ai cherché de toutes les manières. Je pressens qu'il existe un truc, comme ce truc du téléphone dont Wicca s'est servie avec le tarot. Quelque chose qu'elle n'a pas voulu me montrer. Je pense qu'elle a appris de la manière la plus difficile, et qu'elle veut que je passe par les mêmes difficultés.

— C'est pour cela que tu es venue me voir ? » l'interrompit-il.

Brida le regarda au fond des yeux.

« Oui. »

Elle espéra que la réponse l'avait convaincu. Mais depuis le moment où elle l'avait rencontré, elle n'avait plus autant de certitude. Le chemin dans le bois enneigé, la lumière du soleil se reflétant sur la neige, la conversation insouciante sur les choses du monde, tout cela avait fait galoper ses émotions comme des chevaux sauvages. Elle devait se convaincre de nouveau qu'elle n'était là qu'à la recherche d'un objectif, et qu'elle l'atteindrait de toute façon. Parce que Dieu avait été femme, avant d'être homme.

Le Magicien se leva du monticule de pierres sur lequel il était assis et marcha jusqu'au seul mur qui restait intact. Au milieu de ce mur, il y avait une porte, et il s'appuya sur le seuil. La lumière de l'après-midi frappait son dos. Brida ne parvenait pas à voir son visage.

« Il y a une chose que Wicca ne t'a pas enseignée, dit le Magicien. C'est peut-être par oubli. C'est peut-être aussi parce qu'elle voulait que tu le découvres toute seule.

— Eh bien, je suis là. Je découvre seule. »

Et elle se demanda si, au fond, ce n'était pas exactement cela le plan de sa Maîtresse : faire en sorte qu'elle rencontre cet homme.

« Je vais t'apprendre, dit-il finalement. Viens avec moi. »

Ils marchèrent jusqu'à un endroit où les arbres étaient plus grands et plus forts. Brida observa que des escaliers rustiques étaient attachés aux troncs de certains arbres. En haut de chaque escalier, il y avait une espèce de cabane.

« C'est ici que doivent vivre les ermites de la Tradition du Soleil », pensa-t-elle.

Le Magicien examina soigneusement chaque cabane, se décida pour l'une d'elles et pria Brida de monter avec lui.

Elle commença à monter. À mi-chemin, elle eut peur, car une chute aurait pu lui être fatale. Pourtant, elle décida de continuer ; elle se trouvait dans un lieu sacré, protégé par les esprits de la forêt. Le Magicien n'avait pas demandé la permission, mais dans la Tradition du Soleil, ce n'était peut-être pas nécessaire.

Quand ils arrivèrent en haut, elle poussa un grand soupir ; encore une fois elle avait vaincu sa peur.

« C'est un bon endroit pour t'enseigner le chemin, dit-il. Un lieu pour l'embuscade.

— Pour l'embuscade ?

— Ce sont des cabanes de chasseurs. Elles doivent être en hauteur pour que les animaux ne sentent pas l'odeur de l'homme.

« Toute l'année, ils laissent de la nourriture ici. Ils habituent le gibier à toujours revenir dans cet endroit et puis, un beau jour, ils le tuent. »

Brida remarqua qu'il y avait des cartouches vides sur le sol. Elle était choquée.

« Regarde en bas », dit-il.

Il n'y avait pas assez d'espace pour deux personnes, et son corps touchait presque le sien. Elle se leva et regarda en bas ; cet arbre devait être le plus haut de tous, et elle apercevait les cimes d'autres arbres, la vallée, les montagnes couvertes de neige à l'horizon. L'endroit était beau ; il n'aurait pas dû dire qu'on y préparait l'embuscade.

Le Magicien retira le toit de toile de la cabane, et celle-ci fut soudain inondée par les rayons du soleil. Il faisait froid, et il sembla à Brida qu'ils étaient dans un lieu magique, au sommet du monde. Ses émotions voulaient cavaler de nouveau, mais elle devait garder tout son contrôle.

« Il n'était pas nécessaire de t'amener ici pour t'expliquer ce que tu veux savoir, dit le Magicien. Mais j'ai voulu que tu connaisses un peu mieux cette forêt. En hiver, quand gibier et chasseurs sont loin, je monte souvent dans ces arbres et je contemple la Terre. »

Il voulait vraiment partager son monde avec elle. Le sang de Brida se mit à couler plus vite. Elle se sentait en paix, livrée à l'un de ces moments de la vie où la seule solution est de perdre le contrôle.

« Toute la relation de l'homme au monde se fait par l'intermédiaire des cinq sens. S'enfoncer dans le monde de la magie, c'est découvrir des sens inconnus, et le sexe nous pousse vers certaines de ces portes. »

Il avait subitement changé de ton. On aurait dit un professeur donnant une leçon de biologie à un élève. « C'est peut-être mieux ainsi », pensa-t-elle, peu convaincue.

« Peu importe que tu cherches la sagesse ou le plaisir dans la force du sexe ; ce sera toujours une expérience totale. Parce que c'est la seule activité de l'homme qui concerne, ou devrait concerner, les cinq sens en même temps. Tous les canaux qui nous relient à notre prochain sont connectés.

« Au moment de l'orgasme, les cinq sens s'effacent et tu pénètres dans le monde de la magie ; tu n'es plus capable de voir, d'écouter, de sentir le goût, le toucher, l'odorat. Pendant ces longues secondes, tout disparaît, laissant place à l'extase, une extase absolument semblable à celle que les mystiques atteignent par des années de renoncement et de discipline. »

Brida eut envie de demander pourquoi les mystiques ne cherchaient pas cela dans l'orgasme. Mais elle se souvint des descendants des anges.

« Ce qui pousse vers cette extase, ce sont les cinq sens. Plus ils sont stimulés, plus forte sera l'excitation. Et plus ton extase sera profonde. Comprends-tu ? »

C'était très clair. Elle comprenait tout, et elle acquiesça de la tête. Mais cette question créait une distance entre eux. Elle aurait aimé qu'il fût près d'elle, comme lorsqu'ils marchaient dans la forêt.

« C'est tout, dit-il.

— Mais cela, je le sais, et pourtant je n'y arrive pas ! » Brida ne pouvait pas parler de Lorens.

Elle pressentait que c'était dangereux. « Tu m'as dit qu'il existait un moyen d'y parvenir ! »

Elle était nerveuse. Les émotions commençaient à cavaler, et elle perdait le contrôle.

Le Magicien regarda de nouveau la forêt en bas. Brida se demanda s'il luttait lui aussi contre les émotions. Mais elle ne voulait pas et ne devait pas croire à ce qu'elle était en train de penser.

Elle savait ce qu'était la Tradition du Soleil. Elle savait que l'enseignement de ses Maîtres parlait de l'espace, du moment. Elle y avait pensé avant de venir le voir. Elle avait imaginé qu'ils pouvaient se trouver ensemble, comme ils l'étaient maintenant, sans personne à leurs côtés. Ainsi étaient les Maîtres de la Tradition du Soleil, ils enseignaient toujours par l'action, et ne laissaient jamais la théorie prendre trop d'importance. Elle avait pensé à tout cela avant de venir jusqu'à la forêt. Elle était pourtant venue, parce que maintenant son chemin comptait plus que tout. Elle devait poursuivre la tradition de ses nombreuses vies.

Mais il se comportait comme Wicca, qui ne faisait que parler des choses.

« Apprends-moi », dit-elle encore une fois.

Le Magicien avait les yeux fixés sur les cimes dépouillées et couvertes de neige. Il aurait pu, à ce moment-là, oublier qu'il était un Maître et n'être qu'un Magicien, un homme comme tous les autres. Il savait que son Autre Partie se trouvait devant lui. Il aurait pu parler de la lumière qu'il voyait, elle l'aurait cru, et les retrouvailles auraient été consommées. Même si elle s'en allait en larmes et révoltée, elle finirait par revenir, parce qu'il disait la vérité – et de même qu'il avait besoin d'elle, elle aussi avait besoin de lui. C'était cela la sagesse des Autres Parties, l'une ne cessait jamais de reconnaître l'autre.

Mais il était un Maître. Et un jour, dans un village d'Espagne, il avait fait un serment sacré. Entre autres choses, ce serment disait qu'aucun Maître ne pouvait pousser quelqu'un à faire un choix. Il avait commis cette erreur une fois et, pour cette raison, il était resté des années exilé du monde. Même si cette fois était différente, néanmoins, il ne voulait pas prendre le risque. « Je peux renoncer à la Magie pour elle », pensat-il pendant quelques instants, et aussitôt il se rendit compte de l'absurdité de sa pensée. Ce n'était pas ce genre de renoncement dont l'Amour avait besoin. Le véritable Amour permettait à chacun de suivre son propre chemin, sachant que cela n'éloignait jamais l'autre.

Il devait avoir de la patience et continuer à regarder les bergers et savoir que, tôt ou tard, tous deux seraient ensemble. C'était la Loi. Il y avait cru toute sa vie.

« Ce que tu demandes est simple », dit-il enfin. Il restait maître de lui-même ; la discipline avait gagné.

« Fais en sorte que, quand tu touches l'autre, tes cinq sens fonctionnent déjà. Parce que le sexe a une vie propre. À partir du moment où il intervient, tu ne le contrôles plus, c'est lui qui peu à peu te contrôle. Et ce que tu y mets, tes peurs, tes désirs, ta sensibilité, restera tout le temps. C'est pour cela que les gens deviennent impuissants. Dans le sexe, seul l'amour et les cinq sens doivent fonctionner. Ainsi seulement tu connaî-tras la communion avec Dieu. »

Brida contempla les cartouches éparpillées sur le sol. Elle ne manifesta pas ce qu'elle ressentait. Finalement, elle connaissait déjà le truc. Et, se dit-elle, c'était la seule chose qui l'intéressait.

« Voilà tout ce que je peux t'enseigner. »

Elle demeurait silencieuse. Les chevaux sau-vages étaient domptés par le silence.

« Respire sept fois tranquillement, fais en sorte que tes cinq sens fonctionnent avant le contact physique. Laisse faire le temps. »

Il était un Maître de la Tradition du Soleil. Il avait surmonté une nouvelle épreuve. Son Autre Partie lui faisait aussi apprendre beaucoup de choses.

« Je t'ai montré la vue d'en haut. Nous pou-vons redescendre. »

Elle regardait distraitement les enfants qui jouaient sur la place. Quelqu'un lui avait dit un jour que dans toutes les villes il existe un « lieu magique », un endroit où nous nous rendons quand nous avons besoin de réfléchir sérieusement à notre vie. Cette place était son « lieu magique » à Dublin. Près de là, elle avait loué son premier appartement lorsqu'elle était arrivée à la grande ville, pleine de rêves et d'espoir. À cette époque, son projet de vie était de s'inscrire à Trinity College et de devenir professeur de littérature. Elle restait longtemps sur le banc où elle était assise maintenant, écrivant des poèmes et tentant de se comporter comme se comportaient ses idoles littéraires.

Mais l'argent que son père envoyait était limité, et elle dut trouver un emploi dans l'entreprise d'exportations. Elle ne s'en plaignait pas ; elle était contente de ce qu'elle faisait et, en ce moment, son travail était une des choses les plus importantes de sa vie, parce que c'était lui qui donnait à tout un sentiment de réalité et l'empêchait de devenir folle. Il permettait un équilibre précaire entre le monde visible et l'invisible.

Les enfants jouaient. Tous ces enfants – comme elle l'avait fait un jour – avaient écouté des histoires de fées et de sorcières, dans lesquelles les magiciennes vêtues de noir offrent des pommes empoisonnées à de pauvres petites filles perdues dans la forêt. Aucun de ces enfants ne pouvait imaginer que là, observant leurs jeux, se trouvait une vraie sorcière.

Cet après-midi-là, Wicca lui avait demandé de faire un exercice qui n'avait rien à voir avec la Tradition de la Lune ; n'importe qui pouvait obtenir des résultats. Cependant, elle devait l'exécuter pour que fonctionne le pont entre le visible et l'invisible.

La pratique était simple : elle devait s'allonger, se détendre, et imaginer une artère commerçante de la ville. Une fois concentrée, elle devait regarder une vitrine de la rue qu'elle était en train d'imaginer, se souvenir de tous les détails – les marchandises, les prix, la décoration. L'exercice terminé, elle devait se rendre jusqu'à la rue pour tout vérifier.

Maintenant elle était là à regarder les enfants. Elle revenait tout juste de la boutique, et les marchandises qu'elle avait imaginées dans sa concentration étaient exactement les mêmes. Elle se demanda si c'était vraiment un exercice pour des gens ordinaires ou si ses mois d'entraînement à la sorcellerie avaient contribué au résultat. Elle ne connaîtrait jamais la réponse.

Mais la rue de l'exercice se trouvait près de son « lieu magique ». « Il n'y a pas de hasard », pensa-t-elle. Elle avait le cœur triste à cause d'un problème qu'elle ne parvenait pas à résoudre : l'Amour. Elle aimait Lorens, elle en était certaine. Elle savait que lorsqu'elle ferait bon usage de la Tradition de la Lune, elle verrait le point lumineux sur son épaule gauche. Un après-midi où ils étaient sortis ensemble prendre un chocolat chaud près de la tour qui inspira James Joyce pour *Ulysse*, elle avait observé l'étincelle dans ses yeux.

Le Magicien avait raison. La Tradition du Soleil était le chemin de tous les hommes, et elle était là pour être déchiffrée par quiconque savait prier, se montrer patient et désirer ses enseignements. Plus elle se livrait à la Tradition de la Lune, plus elle comprenait et admirait la Tradition du Soleil.

Le Magicien. Elle pensait de nouveau à lui. C'était cela le problème qui l'avait conduite jusqu'à son « lieu magique ». Depuis la rencontre dans la cabane des chasseurs, elle pensait à lui fréquemment. Elle aurait voulu aller tout de suite là-bas, lui parler de l'exercice qu'elle venait de faire ; mais elle savait que ce n'était qu'un prétexte, l'espoir qu'il l'invite de nouveau à se promener dans la forêt. Elle avait la certitude qu'elle serait bien reçue, et elle commençait à croire que lui aussi, pour quelque mystérieuse raison à laquelle elle n'osait même pas penser, aimait sa compagnie.

« J'ai toujours eu cette tendance au délire total », pensa-t-elle, cherchant à éloigner le Magicien de son esprit. Mais elle savait qu'il reviendrait bientôt.

Elle ne voulait pas continuer. Elle était une femme, et elle connaissait bien les symptômes d'une nouvelle passion ; il fallait éviter cela à tout prix. Elle aimait Lorens, elle désirait que les choses demeurent ainsi. Son monde avait déjà suffisamment changé.

Le samedi matin, Lorens téléphona.

« Allons faire un tour, dit-il. Allons aux rochers. »

Brida prépara quelque chose à manger et ils roulèrent ensemble une heure ou presque dans un bus au chauffage défectueux. Vers midi, ils arrivèrent au bourg.

Brida était émue. Pendant sa première année de littérature à la faculté, elle avait beaucoup lu le poète qui vécut là au siècle passé. C'était un homme mystérieux, un grand connaisseur de la Tradition de la Lune, qui avait fait partie de sociétés secrètes et laissé dans ses livres le message occulte de ceux qui cherchent le chemin spirituel. Il s'appelait W.B. Yeats. Elle se rappela certains de ses vers, des vers qui paraissaient faits pour cette matinée froide où les mouettes survolaient les bateaux ancrés dans le petit port :

« *J'ai étendu mes rêves sous tes pas ;*
Marche doucement, car tu marches sur mes *rêves.* »

Ils entrèrent dans le seul bar du hameau, prirent un whisky pour mieux supporter le froid, et se dirigèrent vers les rochers. La petite rue goudronnée fit bientôt place à une côte et, une demi-heure plus tard, ils arrivèrent à ce que les habitants du lieu appelaient les « falaises ». C'était un promontoire composé de formations rocheuses, qui finissaient dans un abîme face à la mer. Un chemin contournait les rochers ; en marchant sans se presser, ils feraient tout le tour des falaises en moins de quatre heures ; ensuite, ils n'auraient qu'à reprendre un bus et retourner à Dublin.

Brida était enchantée du programme ; malgré toutes les émotions que la vie lui réservait cette année, elle avait toujours du mal à supporter l'hiver. Elle ne faisait qu'aller au travail la journée, à la faculté le soir, et au cinéma les weekends. Elle exécutait toujours les rituels aux heures indiquées et dansait ainsi que Wicca le lui avait appris. Mais elle avait envie d'être dans le monde, de sortir de chez elle et de voir un peu de nature.

Le temps était couvert, les nuages bas, mais l'exercice physique et la dose de whisky parvenaient à masquer le froid. Le sentier était trop étroit pour qu'ils marchent tous deux côté à côte ; Lorens allait devant, et Brida suivait quelques mètres derrière. Il était difficile de parler dans ces circonstances. Pourtant, de temps à autre, ils réussissaient à échanger quelques mots, suffisamment pour se sentir proches l'un de l'autre, partageant la nature qui les entourait.

Elle regardait, avec une fascination enfantine, le paysage alentour. Le cadre avait dû être identique des milliers d'années auparavant, à une époque où n'existaient ni villes ni ports, ni poètes, ni petites filles qui cherchaient la Tradition de la Lune ; en ce temps-là il n'y avait que les rochers, la mer qui explosait là en bas, et les mouettes qui volaient parmi les bas nuages. De temps en temps, Brida regardait le précipice, et elle éprouvait un léger vertige. La mer disait des choses qu'elle ne comprenait pas, les mouettes faisaient des dessins qu'elle n'arrivait pas à suivre. Elle regardait tout de même ce monde primitif, comme si c'était là, plus que dans tous les livres qu'elle lisait, ou dans tous les rituels qu'elle pratiquait, que se trouvait conservée la vraie sagesse de l'Univers. À mesure qu'ils s'éloignaient du port, tout le reste perdait son importance : ses rêves, sa vie quotidienne, sa quête. Il ne restait que ce que Wicca avait appelé « la signature de Dieu ».

Seul restait ce moment primitif, avec les forces pures de la Nature, la sensation d'être en vie, auprès de quelqu'un qu'elle aimait.

Au bout de presque deux heures de marche, le sentier s'élargit, et ils décidèrent de s'asseoir ensemble pour se reposer. Ils ne pouvaient pas s'attarder longtemps ; le froid deviendrait vite insupportable, et il leur faudrait bouger. Mais elle avait envie de rester au moins quelques instants à côté de lui, à regarder les nuages et à écouter le bruit de la mer.

Brida sentit dans l'air l'odeur de la marée, et dans sa bouche le goût du sel. Son visage, collé au manteau de Lorens, se réchauffait. C'était un moment intense de plénitude. Ses cinq sens fonctionnaient.

En une fraction de seconde, elle pensa au Magicien et l'oublia. Tout ce qui l'intéressait maintenant, c'étaient les cinq sens. Ils devaient continuer à fonctionner. C'était le moment.

« Je veux te parler, Lorens. »

Lorens murmura quelque chose, mais son cœur s'effraya. Pendant qu'il regardait les nuages et le précipice, il comprit que cette femme était ce qui comptait le plus dans sa vie. Qu'elle était une explication, la seule raison d'être de ces rochers, de ce ciel, de cet hiver. Si elle n'avait pas été là avec lui, tous les anges du ciel auraient pu descendre en volant pour le réconforter, le Paradis n'aurait eu aucun sens.

« Je veux te dire que je t'aime, dit Brida avec douceur. Parce que tu m'as montré la joie de l'amour. »

Elle ressentait une grande plénitude, avec tout ce paysage qui pénétrait dans son âme. Lorens commença à lui caresser les cheveux. Et elle eut la certitude que si elle courait des risques, elle pourrait vivre un amour qu'elle n'avait jamais éprouvé.

Brida l'embrassa. Elle sentit le goût de sa bouche, le contact de sa langue. Elle pouvait percevoir chaque mouvement, et devina que la même chose lui arrivait à lui, parce que la Tradition du Soleil se révélait toujours à tous ceux qui regardaient le monde comme s'ils le voyaient pour la première fois.

« Je veux t'aimer ici, Lorens. »

Lui, en une fraction de seconde, pensa qu'ils se trouvaient sur une voie publique, que pouvait passer quelqu'un qui serait assez fou pour se promener par là en plein hiver. Mais celui qui en serait capable serait aussi capable de comprendre que certaines forces, une fois mises en marche, ne peuvent plus être arrêtées.

Il mit ses mains sous le chandail de la jeune fille et sentit ses seins. Brida s'abandonnait complètement, toutes les forces du monde pénétraient par ses cinq sens pour devenir l'énergie qui s'emparait d'elle. Ils se couchèrent tous les deux sur le sol, entre le rocher, le précipice et la mer, entre la vie des mouettes au-dessus et la mort dans les pierres en contrebas. Ils commencèrent à s'aimer sans crainte, parce que Dieu protégeait les innocents.

Ils ne sentaient plus le froid. Leur sang coulait si vite qu'elle arracha une partie de ses vêtements, et il l'imita. Il n'y avait plus de douleur; leurs genoux et leurs dos se griffaient sur le sol rocailleux, mais cela faisait partie du plaisir et le complétait. Brida sut que l'orgasme approchait, mais ce fut un sentiment très lointain parce qu'elle était complètement liée au monde, son corps et le corps de Lorens se mêlaient à la mer, aux pierres, à la vie et à la mort. Elle resta dans cet état aussi longtemps qu'il fut possible, tandis qu'une autre partie d'elle-même percevait, de façon très vague, qu'elle faisait des choses qu'elle n'avait jamais faites auparavant. Mais c'étaient ses retrouvailles avec le sens de la vie, le retour au jardin d'Éden, c'était le moment où Ève rentrait en Adam et les deux Parties devenaient la Création.

Soudain, elle ne pouvait plus continuer à contrôler le monde qui l'entourait, ses cinq sens semblaient vouloir se libérer, et elle n'avait plus la force de les retenir. Comme si un rayon sacré la touchait, elle les libéra, et le monde, les mouettes, le goût du sel, la terre rugueuse, l'odeur de la mer, la vision des nuages, tout disparut complètement – à leur place apparut une immense lumière dorée qui grandissait, grandissait, jusqu'à toucher la plus lointaine étoile de la Galaxie.

Elle descendit lentement de cet état, et la mer et les nuages réapparurent. Mais tout était plongé dans une vibration de profonde paix, la paix d'un univers qui, ne serait-ce que quelques instants, acquerait une explication, parce qu'elle communiait avec le monde. Elle avait découvert un autre pont qui reliait le visible à l'invisible, et jamais plus elle n'oublierait le chemin.

Le lendemain, elle téléphona à Wicca. Elle lui raconta ce qui s'était passé ; cette dernière resta quelque temps silencieuse.

« Félicitations, dit-elle enfin. Tu as réussi. »

Elle expliqua qu'à partir de cet instant, la force du sexe allait causer de profondes transformations dans sa manière de voir et de sentir le monde.

« Tu es prête pour la fête de l'équinoxe. Il ne te manque plus qu'une chose.

— Encore une ? Mais tu as dit que c'était tout !

— C'est facile. Tu dois voir en rêve une robe. La robe que tu porteras ce jour-là.

— Et si je ne réussis pas ?

— Tu vas rêver. Le plus difficile, tu l'as déjà réussi. »

Sur ce, elle changea brusquement de sujet, comme elle le faisait souvent. Elle déclara qu'elle avait acheté une nouvelle voiture, qu'elle aimerait aller faire quelques courses. Elle voulait savoir si Brida pouvait l'accompagner.

Brida se sentit fière de cette invitation, et demanda à son chef la permission de quitter plus tôt son travail. C'était la première fois que Wicca manifestait une sorte d'affection pour elle, même s'il ne s'agissait que d'aller faire des courses. Elle était consciente que beaucoup d'autres disciples, à ce moment-là, auraient adoré être à sa place.

Peut-être, au cours de cet après-midi, pourrait-elle montrer à Wicca combien elle comptait pour elle, et comme elle aimerait devenir son amie. Brida avait du mal à séparer l'amitié de la quête spirituelle, et elle était fâchée que jusque-là la Maîtresse n'eût fait preuve d'aucune espèce d'intérêt pour sa vie. Leurs conversations n'allaient jamais au-delà de ce qui était nécessaire pour qu'elle puisse réaliser un bon travail dans la Tradition de la Lune.

À l'heure convenue, Wicca l'attendait dans une MG décapotable rouge, la capote repliée. La voiture, un modèle classique de l'industrie automobile britannique, était exceptionnellement bien conservée, avec une carrosserie étincelante et un tableau de bord en bois ciré. Brida n'osa pas penser à son prix. L'idée qu'une magicienne pût posséder une voiture aussi chère que celle-là l'effrayait un peu. Avant de connaître la Tradition de la Lune, elle avait entendu dire durant toute son enfance que les sorcières faisaient de terribles pactes avec le démon, en échange d'argent et de pouvoir.

« Ne trouves-tu pas qu'il fait un peu froid pour rouler sans capote ? demanda-t-elle en montant.

— Je ne veux pas attendre l'été, répondit Wicca. Je ne peux simplement pas. Je meurs d'envie de conduire comme ça. »

En ce sens au moins, c'était une personne normale.

Elles sortirent dans les rues, s'attirant des regards d'admiration des plus âgés, et quelques sifflets et galanteries de la part des hommes.

« Je suis contente que tu t'inquiètes de ne pas rêver de la robe », dit Wicca. Brida avait déjà oublié la conversation au téléphone.

« Aie toujours des doutes. Quand les doutes disparaissent, c'est que tu t'es arrêtée dans ta démarche. Alors Dieu vient tout démonter, parce que c'est ainsi qu'Il contrôle ses élus ; en leur faisant parcourir toujours, entièrement, le chemin qu'ils doivent parcourir. Il nous oblige à marcher quand nous nous arrêtons pour une raison quelconque – commodité, paresse, ou la fausse sensation que nous savons déjà le nécessaire.

« Mais fais attention à ceci : ne laisse jamais les doutes paralyser tes actions. Prends toujours toutes les décisions que tu dois prendre, même si tu n'as pas l'assurance ou la certitude que ta décision est correcte. Celui qui agit ne se trompe pas si, en prenant ses décisions, il garde toujours à l'esprit un vieux proverbe allemand, que la Tradition de la Lune a transmis jusqu'à nos jours. Si tu n'oublies pas ce proverbe, tu peux toujours transformer une mauvaise décision en décision juste.

« Voici le proverbe : *le diable se cache dans les détails*. »

Wicca s'arrêta brusquement chez un mécanicien.

« Il existe une superstition concernant ce proverbe, dit-elle. On dit qu'il ne parvient jusqu'à nous qu'en cas de besoin. Je viens d'acheter cette voiture et le diable se cache dans les détails.

Elle bondit hors de l'automobile dès que le mécanicien s'approcha.

« Votre capote est cassée, madame ? »

Wicca ne se donna pas la peine de répondre. Elle le pria de faire une révision complète. Il y avait une pâtisserie de l'autre côté de la rue ; pendant que le mécanicien regardait la MG, elles allèrent y prendre un chocolat chaud.

« Observe le mécanicien », dit Wicca, tandis que toutes deux regardaient l'atelier à travers la vitrine de la pâtisserie. Immobile devant le moteur ouvert de la voiture, l'homme ne faisait aucun mouvement.

« Il ne touche à rien. Il contemple simplement. Il fait ce métier depuis des années, et il sait que la voiture lui parle un langage particulier. Ce n'est pas sa réflexion qui agit en ce moment, c'est sa sensibilité. »

Soudain, le mécanicien alla droit vers un endroit du moteur et se mit au travail.

« Il a trouvé le défaut, continua Wicca. Il n'a pas perdu de temps parce que la communication entre lui et la machine est parfaite. Tous les bons mécaniciens que je connais sont ainsi. »

« Et ceux que je connais aussi », pensa Brida. Mais elle avait toujours cru qu'ils agissaient de la sorte parce qu'ils ne savaient pas par où commencer. Elle ne s'était jamais donné la peine d'observer qu'ils commençaient toujours par le bon endroit.

« Pourquoi ces gens, qui ont la sagesse du Soleil dans leurs vies, ne tentent-ils jamais de comprendre les questions fondamentales de l'Univers ? Pourquoi préfèrent-ils rester à réparer des moteurs ou à servir le café dans les bars ?

— Et qu'est-ce qui te fait penser que nous, avec tout notre chemin et toute notre application, nous comprenons l'Univers mieux que les autres ?

« J'ai beaucoup de disciples. Ce sont des gens absolument semblables à tous les autres, qui pleurent au cinéma et se désespèrent quand les enfants sont en retard, même s'ils savent que la mort n'existe pas. La sorcellerie n'est qu'un moyen d'approcher la Sagesse Suprême ; tout ce que fait l'homme peut l'y conduire, du moment où il travaille avec de l'amour dans le cœur. Nous les sorcières, nous pouvons converser avec l'Âme du Monde, distinguer la lumière sur l'épaule gauche de notre Autre Partie, et contempler l'infini à travers l'éclat et le silence d'une bougie. Mais nous ne comprenons rien aux moteurs. De même que les mécaniciens ont besoin de nous, nous avons aussi besoin d'eux. Ils ont leur pont vers l'invisible dans un moteur ; le nôtre est la Tradition de la Lune. Mais l'invisible est le même.

« Joue ton rôle et ne t'inquiète pas pour les autres. Sois certaine que Dieu leur parle aussi, et qu'ils sont intéressés autant que toi par la découverte du sens de cette vie. »

« La voiture marche, dit le mécanicien, aussitôt qu'elles revinrent toutes les deux de la pâtisserie. Mais vous avez évité un grave problème, un conduit de refroidissement était sur le point de crever. »

Wicca protesta un peu pour le prix, mais se félicita de s'être rappelé le proverbe.

Elles allèrent faire des courses dans une des grandes rues commerçantes de Dublin, justement celle que Brida s'était représentée dans l'exercice de la vitrine. Chaque fois que la conversation s'acheminait vers des sujets particuliers, Wicca s'en tirait par des réponses vagues et évasives. Mais elle parlait avec grand enthousiasme des questions triviales – les prix, les vêtements, la mauvaise humeur des vendeuses. Elle dépensa beaucoup d'argent cet après-midi-là, en général dans des objets qui révélaient un goût sophistiqué.

Brida savait que l'on ne demande jamais à quelqu'un d'où provient l'argent qu'il dépense. Mais sa curiosité était si grande qu'elle faillit violer les règles les plus élémentaires de l'éducation.

Elles terminèrent l'après-midi dans le restaurant japonais le plus traditionnel de la ville, devant un plat de sashimi.

« Que Dieu bénisse notre repas, dit Wicca.

« Nous sommes des navigateurs sur une mer que nous ne connaissons pas ; qu'Il garde toujours en nous le courage d'accepter ce mystère.

— Mais tu es une Maîtresse de la Tradition de la Lune, commenta Brida. Tu connais les réponses. »

Wicca contempla un moment la nourriture, d'un regard lointain.

« Je sais voyager entre le présent et le passé, dit-elle au bout d'un certain temps. Je connais le monde des esprits, et je suis déjà entrée en communication totale avec des forces tellement éblouissantes que les mots de toutes les langues ne suffisent pas pour les décrire. Peut-être puis-je affirmer que je possède la connaissance silencieuse de la longue marche qui a porté l'humanité jusqu'à ce moment.

« Et parce que je connais tout cela et que je suis une Maîtresse, je sais aussi que jamais, mais vraiment jamais, nous ne connaîtrons la raison finale de notre existence. Nous pourrons savoir comment, où, quand et de quelle manière nous sommes ici. Mais la question *pourquoi ?* est et restera toujours une question sans réponse. L'objectif central du grand Architecte de l'Univers n'appartient qu'à Lui, et à personne d'autre. »

Le silence semblait s'être emparé de la salle.

« En ce moment, pendant que nous sommes là en train de manger, quatre-vingt-dix-neuf pour cent des habitants de cette planète se confrontent, à leur manière, à cette question. *Pourquoi* sommes-nous ici ? Beaucoup pensent avoir découvert la réponse dans les religions, ou dans le matérialisme. D'autres se désespèrent, et dépensent leur vie et leur fortune à essayer d'en comprendre la signification. Quelques-uns laissent cette question sous silence, et se contentent de vivre l'instant, sans se préoccuper des résultats ni des conséquences.

« Seuls les courageux et ceux qui connaissent la Tradition du Soleil et la Tradition de la Lune connaissent la seule réponse possible à cette question : *je ne sais pas*.

« Dans un premier temps, cela peut nous paraître effrayant et nous laisser désemparés devant le monde, les affaires du monde, et le sens même de notre existence. Mais, passé la première peur, nous nous habituons progressivement à la seule solution possible : suivre nos rêves. Avoir le courage de faire les pas que nous avons toujours désiré faire, c'est la seule manière de montrer que nous avons confiance en Dieu.

« À l'instant où nous acceptons cela, la vie acquiert pour nous un sens sacré et nous éprouvons la même émotion qu'éprouva la Vierge lorsque, un après-midi quelconque de son existence ordinaire, un étranger apparut et lui fit une offre. "Que votre volonté soit faite", dit la Vierge. Elle avait compris que la meilleure façon pour un être humain de connaître la grandeur était l'acceptation du Mystère. »

Après un long instant de silence, Wicca reprit ses couverts et se remit à manger. Brida la regardait, fière d'être à côté d'elle. Elle ne pensait plus aux questions qu'elle ne poserait jamais, elle ne se demandait plus si Wicca gagnait de l'argent, ou si elle était amoureuse de quelqu'un, ou si elle était jalouse d'un homme. Elle pensait à la grandeur d'âme des vrais sages. Les sages qui ont passé leur vie entière à chercher une réponse qui n'existait pas et, quand ils ont compris cela, n'ont pas inventé de fausses explications. Ils se sont mis à vivre, avec humilité, dans un Univers qu'ils ne pourraient jamais comprendre. Mais ils pouvaient participer, et la seule manière possible était de suivre leurs propres désirs, leurs propres rêves, car c'était ainsi que l'homme se transformait en instrument de Dieu.

« Alors, à quoi bon chercher ? demanda-t-elle.

— Nous ne cherchons pas. Nous acceptons, et alors la vie devient beaucoup plus intense et pleine d'enthousiasme, parce que nous comprenons que chacun de nos pas, à chaque minute de la vie, a une signification plus grande que nous-mêmes. Nous comprenons que, quelque part dans le temps et l'espace, cette question trouve une réponse. Nous comprenons qu'il existe une raison à notre présence ici, et cela suffit.

« Nous nous enfonçons dans la Nuit Obscure avec foi, nous accomplissons ce que les anciens alchimistes appelaient la Légende Personnelle, et nous nous abandonnons entièrement à chaque instant, en sachant qu'il y a toujours une main qui nous guide : il nous appartient de l'accepter ou non. »

Cette nuit-là, Brida passa des heures à écouter de la musique, abandonnée au miracle d'être en vie. Elle se souvint de ses auteurs favoris. L'un d'eux, d'une simple phrase, lui fournit toute la foi nécessaire pour partir en quête de la sagesse. Le poète anglais William Blake avait écrit deux siècles auparavant :

« *Toute question qui se conçoit a une réponse.* »

Il était l'heure de faire un rituel. Elle devait pendant les minutes qui allaient suivre contempler la flamme de la bougie, et elle s'assit devant le petit autel qui se trouvait chez elle. La bougie la transporta vers l'après-midi où elle et Lorens avaient fait l'amour dans les rochers. Des mouettes volaient aussi haut que les nuages, aussi bas que les vagues.

Les poissons devaient se demander comment il était possible de voler, parce que de temps en temps des créatures mystérieuses plongeaient dans leur monde et disparaissaient comme elles étaient entrées.

Les oiseaux devaient se demander comment il était possible de respirer dans l'eau, parce qu'ils se nourrissaient d'animaux qui vivaient sous les vagues.

Il existait des oiseaux et il existait des poissons. C'étaient des univers qui parfois communiquaient entre eux, sans que l'un pût répondre aux questions de l'autre. Pourtant, ils posaient tous les deux des questions. Et les questions avaient des réponses.

Brida regarda la bougie devant elle, et une atmosphère magique commença à se créer autour d'elle. Cela se produisait normalement, mais cette nuit-là il y avait une intensité différente.

Si elle était capable de poser une question, c'est que, dans un autre Univers, il y avait une réponse. Quelqu'un savait, même si elle ne saurait jamais. Elle n'avait plus besoin de comprendre la signification de la vie ; il suffisait de rencontrer le Quelqu'un qui savait. Et alors, dormir dans ses bras du sommeil d'un enfant, qui sait que quelqu'un qui est plus fort que lui le protège de tout le mal et de tout le danger.

Le rituel terminé, elle fit une petite prière rendant grâce pour les pas qu'elle avait faits jusque-là et parce que la première personne qu'elle avait interrogée sur la magie n'avait pas tenté de lui expliquer l'Univers – au contraire, il lui avait fait passer la nuit entière dans l'obscurité de la forêt.

Elle devait aller là-bas, le remercier de tout ce qu'il lui avait enseigné.

Chaque fois qu'elle allait voir cet homme, elle était en quête de quelque chose ; lorsqu'elle le trouvait, elle ne faisait que s'en aller, souvent sans dire au revoir. Mais c'était cet homme qui l'avait mise devant la porte qu'elle prétendait franchir au prochain équinoxe. Elle devait au moins dire « merci ».

Non, elle n'avait pas peur de s'éprendre de lui. Elle avait déjà lu dans les yeux de Lorens des choses qui concernaient le côté secret de son âme.

Elle pouvait avoir des doutes sur le rêve de la robe, mais quant à son amour, c'était clair pour elle.

« Merci d'avoir accepté mon invitation », dit-elle au Magicien dès qu'ils furent assis. Ils étaient dans le seul bar du village, à l'endroit même où elle avait distingué l'étrange étincelle dans ses yeux.

Le Magicien ne dit rien. Il remarqua que l'énergie de la jeune fille était complètement transformée ; elle avait réussi à réveiller la Force.

« Le jour où je suis restée seule dans la forêt, j'ai promis que je reviendrais pour te remercier ou te maudire. J'ai promis que je reviendrais quand je connaîtrais mon chemin. Cependant, je n'ai accompli aucune de mes promesses ; je suis toujours venue chercher de l'aide, et tu ne m'as jamais laissée seule quand j'ai eu besoin de toi.

« C'est peut-être prétentieux de ma part, mais je veux que tu saches que tu as été un instrument de la Main de Dieu. Et j'aimerais que tu sois mon invité ce soir. »

Elle s'apprêtait à demander les deux whiskies habituels, mais il se leva, alla jusqu'au bar et revint avec une bouteille de vin, une autre d'eau minérale, et deux verres.

« Autrefois en Perse, dit-il, quand deux personnes se rencontraient pour boire ensemble, l'une des deux était élue roi de la nuit. En général, c'était la personne qui invitait. »

Il ne savait pas si le son de sa voix était ferme. C'était un homme amoureux, et l'énergie de Brida avait changé.

Il posa devant elle le vin et l'eau minérale.

« Il appartenait au roi de la nuit de décider du ton de la conversation. S'il versait dans le premier verre davantage d'eau que de vin, ils parleraient de choses sérieuses. S'il versait des quantités égales, ils parleraient de choses sérieuses et de choses agréables. Enfin, s'il remplissait le verre de vin et ne laissait tomber que quelques gouttes d'eau, la nuit serait détendue et agréable. »

Brida remplit les verres à pied jusqu'au bord et ne versa qu'une goutte d'eau dans chaque.

« Je suis venue seulement pour te remercier, répéta-t-elle. De m'avoir enseigné que la vie est un acte de foi, et que je suis digne de cette quête. Cela m'a beaucoup aidée sur le chemin que j'ai choisi. »

Ils burent ensemble, d'un seul trait, le premier verre. Lui, parce qu'il était tendu. Elle, parce qu'elle était calme.

« Sujets légers, alors ? » reprit Brida.

Le Magicien répondit qu'elle était le roi de la nuit, et qu'elle choisirait le sujet de la conversation.

« Je veux connaître un peu ta vie personnelle. Je veux savoir si tu as eu, un jour, une relation amoureuse avec Wicca. »

Il acquiesça de la tête. Brida ressentit une inexplicable jalousie, mais elle ne savait pas si elle était jalouse de lui, ou bien d'elle.

« Cependant, nous n'avons jamais songé à rester ensemble, continua-t-il. Nous connaissions tous les deux les Traditions. Chacun de nous savait qu'il n'était pas en présence de son Autre Partie. »

« Je ne voudrais jamais apprendre la vision du point lumineux », pensa Brida, même si elle savait que c'était inévitable. L'amour chez les sorciers était ainsi.

Elle but un peu plus. Elle approchait de son objectif, l'équinoxe de printemps, et elle pouvait se détendre. Il y avait très longtemps qu'elle ne s'accordait plus la permission de boire plus que de raison. Mais maintenant, il ne lui restait plus qu'à rêver d'une robe.

Ils continuèrent à parler et à boire. Brida voulait revenir au sujet, mais il fallait que lui aussi se sentît à l'aise. Elle maintenait toujours les deux verres pleins, et la première bouteille fut achevée au milieu d'une conversation sur les difficultés de la vie dans le petit village. Pour les gens d'ici, le Magicien était lié au démon.

Brida se réjouit de l'importance qu'elle prenait : il devait être très solitaire. Peut-être que dans cette ville, personne ne lui adressait plus que des paroles de courtoisie. Ils ouvrirent une autre bouteille, et elle fut surprise de voir qu'un Magicien, un homme qui passait la journée entière dans les bois à la recherche d'une communion avec Dieu, était aussi capable de boire et de s'enivrer.

La deuxième bouteille terminée, elle avait oublié qu'elle n'était là que pour remercier l'homme qui se trouvait devant elle. Sa relation avec lui – elle s'en rendait compte maintenant –

était toujours un défi voilé. Elle n'aurait pas aimé voir en lui une personne ordinaire, et elle s'y acheminait dangereusement. Elle préférait l'image du sage qui l'avait conduite jusqu'à une cabane en haut des arbres et qui restait des heures à contempler le coucher du soleil.

Elle commença à parler de Wicca, pour voir s'il réagissait d'une manière ou d'une autre. Elle raconta que celle-ci était une excellente Maîtresse, qui lui avait appris tout ce qu'elle avait besoin de savoir jusque-là, mais d'une manière si subtile qu'elle sentait qu'elle avait toujours su ce qu'elle était en train d'apprendre.

« Mais tu l'as toujours su, dit le Magicien. C'est cela la Tradition du Soleil. »

« Je sais qu'il n'admet pas que Wicca est une bonne Maîtresse », pensa Brida. Elle but un autre verre de vin et continua à parler de sa Maîtresse. Le Magicien, cependant, ne réagissait plus.

« Parle-moi de votre amour », dit-elle, pour voir si elle réussissait à le provoquer. Bien qu'elle redoutât et qu'elle ne voulût pas savoir, c'était la manière la plus adéquate d'obtenir une réaction.

« Amour de jeunesse. Nous faisions partie d'une génération qui ne connaissait pas de limites, qui aimait les Beatles et les Rolling Stones. »

Elle fut surprise d'entendre cela. Au lieu de se détendre sous l'effet de l'alcool, elle était nerveuse. Elle avait toujours voulu poser ces questions, et maintenant elle se rendait compte qu'elle n'était pas heureuse des réponses.

« C'est à cette époque que nous nous sommes rencontrés, continua-t-il, sans rien deviner. Nous cherchions tous les deux nos chemins et ils se sont croisés, quand nous sommes allés apprendre avec le même Maître. Ensemble nous avons pris connaissance de la Tradition du Soleil, de la Tradition de la Lune, et chacun est devenu un Maître à sa manière. »

Brida décida de ne pas changer de sujet. Deux bouteilles de vin réussissent à transformer des étrangers en amis d'enfance, et à donner du courage.

« Pourquoi vous êtes-vous séparés ? »

Ce fut au tour du Magicien de demander une autre bouteille. Elle le remarqua et se crispa davantage. Elle aurait détesté savoir qu'il était encore amoureux de Wicca.

« Nous nous sommes séparés parce que nous avons appris ce qu'est l'Autre Partie.

— Si vous n'aviez rien su des points lumineux, ni de l'étincelle dans les yeux, seriez-vous encore ensemble aujourd'hui ?

— Je ne sais pas. Je sais seulement que, si c'était le cas, ce ne serait bon ni pour l'un ni pour l'autre. On ne comprend la vie et l'Univers que lorsque l'on rencontre son Autre Partie. »

Brida resta un certain temps sans rien dire. Ce fut le Magicien qui relança la conversation :

« Sortons, dit-il, après avoir tout juste entamé la troisième bouteille. J'ai besoin de vent et d'air frais sur le visage. »

« Il est ivre, pensa-t-elle. Et il a peur. »

Elle se sentit fière d'elle – elle pouvait résister mieux que lui à l'alcool, et elle n'avait pas la moindre crainte de perdre le contrôle. Elle était sortie ce soir-là pour se divertir.

« Encore un peu. Je suis le roi de la nuit. »

Le Magicien but un autre verre. Mais il savait qu'il avait atteint sa limite.

« Tu ne poses aucune question à mon sujet, dit-elle, provocante. N'as-tu aucune curiosité ? Ou bien est-ce que tu peux voir grâce à tes pouvoirs ? »

Une fraction de seconde, elle sentit qu'elle allait trop loin, mais elle n'y accorda pas d'importance. Elle constata seulement que les yeux du Magicien avaient changé, ils avaient un éclat complètement différent. Quelque chose en Brida parut s'ouvrir – ou mieux, elle eut la sensation qu'une muraille tombait, que dorénavant tout serait permis. Elle se souvint de leur dernière rencontre, de son envie de rester près de lui, et de la froideur avec laquelle il l'avait traitée. Maintenant elle comprenait qu'elle n'était pas venue là, ce soir, pour remercier de quoi que ce soit. Elle était là pour se venger. Pour lui dire qu'elle avait découvert la Force avec un autre homme, un homme qu'elle aimait.

« Pourquoi ai-je besoin de me venger de lui ? Pourquoi est-ce que je lui en veux ? » Mais le vin ne lui permettait pas de répondre clairement.

Le Magicien regardait la jeune fille devant lui et le désir de démontrer le Pouvoir allait et venait dans sa tête. À cause d'un jour comme celui-là, des années auparavant, toute sa vie avait changé. À cette époque, il y avait certes les Beatles et les Rolling Stones. Mais il y avait aussi des gens qui cherchaient des forces inconnues sans y croire, utilisaient des pouvoirs magiques parce qu'ils se trouvaient plus forts que les pouvoirs eux-mêmes, et qu'ils étaient certains de pouvoir quitter la Tradition quand ils en auraient assez. Il en avait fait partie. Il était entré dans le monde sacré à travers la Tradition de la Lune, apprenant des rituels et traversant le pont qui reliait le visible à l'invisible.

Il fréquenta d'abord ces forces sans l'aide de personne, simplement dans les livres. Puis il rencontra son Maître. Dès la première rencontre, le Maître lui affirma qu'il apprendrait mieux la Tradition du Soleil, mais le Magicien ne voulait pas. La Tradition de la Lune était plus fascinante, elle renfermait les rituels anciens et la sagesse du temps. Alors le Maître lui enseigna la Tradition de la Lune, lui expliquant que c'était peut-être cela le chemin pour qu'il arrive jusqu'à la Tradition du Soleil.

À cette époque, il était toujours sûr de lui, sûr de la vie, sûr de ses conquêtes. Il avait une brillante carrière professionnelle devant lui, et pensait utiliser la Tradition de la Lune pour atteindre ses objectifs. Pour obtenir ce droit, la sorcellerie exigeait en premier lieu qu'il fût consacré Maître. Et, en second lieu, qu'il ne transgressât jamais la seule limitation qui était imposée aux Maîtres de la Tradition de la Lune : ne pas changer la volonté des autres. Il pouvait se frayer un chemin dans ce monde en recourant à ses connaissances de la magie, mais il ne pouvait pas écarter les autres devant lui, ni les obliger à marcher pour lui. C'était le seul interdit, le seul arbre dont il ne pouvait manger le fruit.

Tout allait bien, jusqu'à ce qu'il s'éprenne d'une disciple de son Maître, et qu'elle s'éprenne de lui. Ils connaissaient tous les deux les Traditions ; il savait qu'il n'était pas son homme, elle savait qu'elle n'était pas sa femme. Ils se donnèrent tout de même l'un à l'autre, laissant à la vie la responsabilité de les séparer le moment venu. Loin de modérer leur abandon, cela eut pour effet de leur faire vivre chaque instant comme si c'était le dernier, et leur amour acquit l'intensité des choses qui deviennent éternelles parce que l'on sait qu'elles vont mourir.

Et puis un jour, elle rencontra un autre homme. Un homme qui ne connaissait pas les Traditions, qui n'avait pas le point lumineux sur l'épaule, ni dans les yeux l'étincelle qui révèle l'Autre Partie. Mais elle tomba amoureuse, car l'amour ne respecte aucune raison ; pour elle, son temps avec le Magicien était arrivé à son terme.

Ils discutèrent, se disputèrent, il pria et implora. Il se soumit à toutes les humiliations auxquelles les gens amoureux ont l'habitude de se soumettre. Il apprit des choses que jamais il n'avait imaginé apprendre à travers l'amour : l'attente, la peur, et l'acceptation. « Il n'a pas la lumière sur l'épaule, tu me l'as dit », essayait-il d'argumenter. Mais elle s'en moquait. Avant de connaître son Autre Partie, elle voulait connaître les hommes et le monde.

Le Magicien fixa une limite à sa douleur. Quand il l'atteindrait, il oublierait cette femme. Cette limite arriva un jour, pour une raison dont il ne se souvenait plus ; mais, au lieu de l'oublier, il découvrit que son Maître avait raison, que les émotions sont sauvages et que l'on a besoin de sagesse pour les contrôler. Sa passion était plus forte que toutes ses années d'études dans la Tradition de la Lune, plus forte que les leçons de contrôle mental, plus forte que la rigide discipline à laquelle il avait dû se soumettre pour arriver là où il était arrivé. La passion était une force aveugle, et tout ce qu'elle lui murmurait à l'oreille, c'était qu'il ne pouvait pas perdre cette femme.

Il ne pouvait rien faire contre elle ; elle était comme lui une Maîtresse, et elle connaissait son métier à travers de nombreuses incarnations, certaines pleines de reconnaissance et de gloire, d'autres marquées par le feu et la souffrance. Elle saurait se défendre.

Cependant, dans la fureur de sa passion, il y avait une troisième personne. Un homme prisonnier de la mystérieuse trame du destin, la toile d'araignée que ni les Magiciens ni les

Sorcières ne sont capables de comprendre. Un homme ordinaire, peut-être amoureux comme lui de cette femme, désirant lui aussi la voir heureuse, voulant lui donner le meilleur de lui-même. Un homme ordinaire, que les mystérieux desseins de la Providence avaient jeté brusquement au milieu de la lutte furieuse que se livraient un homme et une femme qui connaissaient la Tradition de la Lune.

Un soir, ne parvenant plus à contrôler sa douleur, il mangea le fruit de l'arbre défendu. Se servant des pouvoirs et des connaissances que la sagesse du Temps lui avait enseignés, il éloigna cet homme de la femme qu'il aimait.

Il ne savait toujours pas si la femme l'avait découvert ; il se pouvait que, déjà lassée de sa nouvelle conquête, elle n'eût pas accordé grande importance à l'événement. Mais son Maître savait. Son Maître savait toujours tout, et la Tradition de la Lune était implacable avec les Initiés qui recouraient à la magie noire, surtout dans ce que l'humanité a de plus vulnérable et de plus important : l'Amour.

En affrontant son Maître, il comprit que le serment sacré qu'il avait prêté ne pouvait pas être rompu. Il comprit que les forces qu'il croyait dominer et utiliser étaient beaucoup plus puissantes que lui. Il comprit qu'il se trouvait sur un chemin qu'il avait choisi, mais que ce n'était pas un chemin comme n'importe quel autre ; il était impossible de s'en écarter. Il comprit que c'était son destin dans cette incarnation, et qu'il n'y avait plus moyen de s'en détourner.

Maintenant qu'il avait commis une erreur, il devait en payer le prix : boire le plus cruel des poisons – la solitude – jusqu'à ce que l'Amour comprenne qu'il était redevenu un Maître. Alors, le même Amour qu'il avait blessé reviendrait le libérer, lui montrant enfin son Autre Partie.

« Tu n'as posé aucune question à mon sujet. N'as-tu aucune curiosité ? Ou bien est-ce que tu peux tout "voir" avec tes pouvoirs ? »

L'histoire de sa vie passa en une fraction de seconde, le temps nécessaire pour décider s'il laissait les choses courir comme elles couraient dans la Tradition du Soleil, ou s'il devait parler du point lumineux et intervenir dans le destin.

Brida voulait être une sorcière, mais elle ne l'était pas encore. Il se souvint de la cabane en haut de l'arbre, où il avait été sur le point de lui en parler. À présent, la tentation revenait, parce qu'il avait baissé sa garde, il avait oublié que le diable se cache dans les détails. Les hommes sont maîtres de leur propre destin. Ils peuvent toujours commettre les mêmes erreurs. Ils peuvent toujours fuir tout ce qu'ils désirent et que la vie, généreusement, place devant eux.

Ou alors, ils peuvent s'abandonner à la Providence divine, tenir la main de Dieu, et lutter pour leurs rêves, en acceptant qu'ils arrivent toujours à l'heure juste.

« Sortons maintenant », répéta le Magicien. Et Brida vit qu'il parlait sérieusement.

Elle insista pour régler l'addition ; c'était elle le roi de la nuit. Ils mirent leurs manteaux et sortirent dans le froid, qui déjà n'était plus aussi violent – on était à quelques semaines du printemps.

Ils marchèrent ensemble jusqu'à la station. Un bus se préparait à partir dans quelques minutes. Sous l'effet du froid, l'irritation de Brida fit place à une immense confusion qu'elle ne parvenait pas à expliquer. Elle ne voulait pas prendre ce bus, elle se sentait mal, il lui semblait que le principal objectif de la soirée avait été raté et qu'elle devait tout réparer avant de partir. Elle était venue jusque-là pour le remercier, mais elle s'était comportée comme les autres fois.

Elle déclara qu'elle avait la nausée et ne monta pas dans le bus.

Quinze minutes passèrent, un autre bus arriva.

« Je ne veux pas m'en aller maintenant, dit-elle. Non pas parce que je me sens mal à cause de l'alcool, mais parce que j'ai tout gâché. Je ne t'ai pas remercié comme je l'aurais dû.

— Ce bus est le dernier de la nuit, dit le Magicien.

— Je prendrai un taxi plus tard. Même si cela coûte cher. »

Le bus parti, Brida regretta d'être restée. Elle était confuse, elle n'avait aucune idée de ce qu'elle voulait réellement. « J'ai trop bu », pensat-elle.

« Allons nous promener un peu. Je veux me dégriser. »

Ils marchèrent dans la petite ville déserte, avec ses réverbères allumés et ses fenêtres éteintes. « Ce n'est pas possible. J'ai vu l'étincelle dans les yeux de Lorens et, pourtant, je veux rester ici avec cet homme. » C'était une femme vulgaire, inconstante, indigne de tous les enseignements et de toutes les expériences de la sorcellerie. Elle avait honte d'elle-même : quelques verres de vin, et Lorens, et l'Autre Partie, et tout ce qu'elle avait appris dans la Tradition de la Lune n'avaient plus d'importance. Elle pensa un instant qu'elle s'était peut-être trompée, que l'étincelle dans les yeux de Lorens n'était pas exactement celle que la Tradition du Soleil enseignait. Mais elle se mentait à elle-même ; personne ne confond la lumière des yeux de son Autre Partie.

Si plusieurs personnes se trouvaient dans un théâtre, que Lorens était l'une d'elles et qu'elle ne lui avait jamais parlé, au moment où ses yeux croiseraient les siens, elle aurait la certitude de se trouver devant l'homme de sa vie. Elle parviendrait à l'approcher, il serait réceptif, car les Traditions ne se trompent jamais, les Autres Parties finissent toujours par se rencontrer. Avant d'en entendre parler, elle avait déjà eu connaissance de l'Amour au premier regard, que personne ne pouvait expliquer.

N'importe quel être humain pouvait reconnaître cette étincelle, sans même réveiller aucune force magique. Elle connaissait cette lumière avant de savoir qu'elle existait. Elle l'avait vue, par exemple, dans les yeux du Magicien, l'après-midi où ils étaient allés au bar pour la première fois.

Elle s'arrêta brusquement.

« J'ai trop bu », pensa-t-elle de nouveau. Elle devait oublier cela rapidement. Elle devait compter son argent, savoir si elle en avait assez pour rentrer en taxi. C'était très important.

Mais elle avait vu l'étincelle dans les yeux du Magicien. La lumière qu'il montrait à son Autre Partie.

« Tu es pâle, dit le Magicien. Tu as sans doute trop bu.

— Ça va passer. Allons nous asseoir un peu, et ça ira mieux. Après je rentrerai chez moi. »

Ils s'assirent sur un banc, tandis qu'elle fouillait dans sa poche à la recherche de monnaie. Elle aurait pu se lever, prendre un taxi, et s'en aller pour toujours ; elle connaissait sa Maîtresse, elle savait où poursuivre son chemin. Elle connaissait aussi son Autre Partie ; si elle décidait de se lever de ce banc et de partir, elle accomplirait tout de même la mission à laquelle Dieu l'avait destinée.

Mais elle avait vingt et un ans. À vingt et un ans, elle savait déjà qu'il était possible de rencontrer deux Autres Parties dans la même incarnation, et qu'il en résultait douleur et souffrance.

Comment pourrait-elle échapper à cela ?

« Je ne rentre pas chez moi, dit-elle. Je reste. »

Les yeux du Magicien brillèrent, et ce qui jusque-là n'était qu'espoir devint une certitude.

Ils continuèrent à marcher. Le Magicien vit l'aura de Brida changer plusieurs fois de couleur, et il souhaita qu'elle fût sur la bonne route. Il savait les coups de tonnerre et les tremblements de terre qui explosaient, à ce moment-là, dans l'âme de son Autre Partie, mais il en était ainsi du processus de transformation. C'est ainsi que se transforment la Terre, les étoiles et les hommes.

Ils avaient quitté le village et se trouvaient en pleine campagne, se dirigeant vers les montagnes où ils se retrouvaient toujours, quand Brida lui demanda de s'arrêter.

« Entrons ici », dit-elle, tournant par un chemin qui donnait sur une plantation de blé. Elle ne savait pas pourquoi elle faisait cela. Elle sentait seulement qu'elle avait besoin de la force de la nature, des esprits amis qui depuis la création du monde habitaient les plus beaux endroits de la planète. Une immense lune brillait dans le ciel, et leur permettait de discerner le sentier et la campagne environnante.

Le Magicien suivait Brida sans rien dire. Au fond de son cœur, il remerciait Dieu d'y avoir cru et de ne pas avoir répété l'erreur qu'il était sur le point de refaire une minute avant de recevoir ce qu'il demandait.

Ils entrèrent dans le champ de blé, que la lumière de la lune transformait en une mer argentée. Brida marchait sans but, sans avoir la moindre idée de ce que serait sa prochaine étape. En elle, une voix disait qu'elle pouvait aller plus loin, qu'elle était une femme aussi forte que ses ancêtres, que la Sagesse du Temps veillait sur elle, guidait ses pas et la protégeait.

Ils s'arrêtèrent au milieu du champ. Ils étaient entourés de montagnes, et dans l'une de ces montagnes, il y avait un rocher d'où l'on voyait bien le coucher du soleil, une cabane de chasseur plus élevée que toutes les autres, et un endroit où une certaine nuit une jeune fille avait affronté la terreur et l'obscurité.

« Je m'abandonne, pensa-t-elle. Je m'abandonne et je sais que je suis protégée. » Elle imagina la bougie allumée chez elle, le sceau de la Tradition de la Lune.

« Ici, c'est bien », dit-elle en s'arrêtant.

Elle prit une brindille et traça un grand cercle sur le sol, cependant qu'elle prononçait les noms sacrés que sa Maîtresse lui avait enseignés. Elle n'avait pas sa dague rituelle, ni aucun de ses objets sacrés, mais ses ancêtres étaient là, et elles disaient que, pour ne pas mourir sur le bûcher, elles avaient consacré les instruments de leur cuisine.

« Tout dans le monde est sacré », affirma-t-elle. Cette brindille était sacrée.

« Oui, répondit le Magicien. Tout dans ce monde est sacré. Et un grain de sable peut être un pont vers l'invisible.

— Mais en ce moment, le pont vers l'invisible est mon Autre Partie », ajouta Brida.

Les yeux de l'homme s'emplirent de larmes. Dieu était juste.

Ils entrèrent tous les deux dans le cercle, et elle le ferma rituellement. C'était la protection que magiciens et sorciers utilisaient depuis des temps immémoriaux.

« Tu as montré généreusement ton monde, dit Brida. Je fais cela maintenant, un rituel, pour montrer que j'en fais partie. »

Elle leva les bras vers la lune et invoqua les forces magiques de la nature. Elle avait très souvent vu sa Maîtresse faire ce geste, quand elles allaient au bois, mais maintenant c'était elle qui le faisait, avec la certitude que rien ne pourrait échouer. Les forces lui disaient qu'elle n'avait rien à apprendre, qu'il lui suffisait de se rappeler toutes les époques et toutes les vies dans lesquelles elle était sorcière. Elle pria alors pour que la récolte fût abondante, et que ce champ ne cessât jamais d'être fertile. Elle était là, la prêtresse qui, en d'autres temps, avait uni la connaissance du sol à la transformation de la semence, et prié pendant que son homme travaillait la terre.

Le Magicien laissa Brida faire les premiers pas. Il savait qu'à un moment déterminé, il devait prendre le contrôle ; mais il devait aussi laisser gravé dans l'espace et dans le temps que c'était elle qui avait initié le processus. Son Maître, qui en cet instant errait dans le monde astral en attendant sa prochaine réincarnation, était certainement présent dans le champ de blé, de même qu'il s'était trouvé dans le bar, au moment de sa dernière tentation – et il devait être content qu'il ait appris de la souffrance. Il écouta, en silence, les invocations de Brida, et puis elle s'arrêta.

« Je ne sais pas pourquoi j'ai fait ça. Mais je joue mon rôle.

— Je continue », dit-il.

Alors il se tourna vers le nord et imita le chant d'oiseaux qui n'existaient plus que dans les légendes et les mythes. C'était le seul détail qui manquait. Wicca était une bonne Maîtresse, elle lui avait presque tout enseigné, sauf le final.

Quand le son du pélican sacré et celui du phénix furent invoqués, le cercle entier s'emplit de lumière, une lumière mystérieuse qui n'éclairait rien autour d'elle, mais qui était pourtant une lumière. Le Magicien regarda son Autre Partie qui se trouvait là, resplendissant dans son corps éternel, l'aura toute dorée et des filaments de lumière sortant de son nombril et de son front. Il savait qu'elle voyait la même chose, et qu'elle voyait le point lumineux sur son épaule gauche, bien qu'un peu déformé à cause du vin qu'ils avaient bu.

« Mon Autre Partie, dit-elle tout bas, distinguant le point.

— Je vais me promener avec toi dans la Tradition de la Lune », déclara le Magicien. Et immédiatement le champ de blé autour d'eux se transforma en un désert gris, où se trouvaient un temple et des femmes vêtues de blanc, qui dansaient devant l'immense porte d'entrée. Brida et le Magicien regardaient ce spectacle du haut d'une dune, et elle ne savait pas si les personnages pouvaient la voir.

Brida sentait le Magicien près d'elle, elle voulait demander ce que signifiait cette vision, mais ne parvenait pas à émettre un son. Il discerna la peur dans ses yeux, et ils revinrent vers le cercle de lumière dans le champ de blé.

« Qu'est-ce que c'était ? demanda-t-elle.

— Un cadeau que je t'ai fait. C'est l'un des onze temples secrets de la Tradition de la Lune. Un cadeau d'amour, de reconnaissance parce que tu existes et que j'ai beaucoup attendu pour te rencontrer.

— Emmène-moi avec toi, dit-elle. Apprends-moi à me promener dans ton monde. »

Alors ils voyagèrent tous les deux dans le temps, dans l'espace, dans les Traditions. Brida vit des champs fleuris, des animaux qu'elle ne connaissait que dans les livres, des châteaux mystérieux et des villes qui semblaient flotter sur des nuages de lumière. Le ciel était tout illuminé, tandis que le Magicien dessinait pour elle, au-dessus du champ de blé, les symboles sacrés de la Tradition. À un certain moment, ils semblaient se trouver à l'un des pôles de la Terre, dans un paysage recouvert de glace, mais ce n'était pas cette planète ; d'autres créatures, plus petites, avec des doigts plus longs et des yeux différents, travaillaient dans un immense vaisseau spatial. Chaque fois qu'elle tentait de faire un commentaire, les images disparaissaient, remplacées par d'autres. Brida comprit, avec son âme de femme, que cet homme s'efforçait de lui montrer tout ce qu'il avait mis tant d'années à apprendre et qu'il n'avait dû garder durant tout ce temps que pour lui en faire cadeau. Mais il pouvait se donner à elle sans crainte, car elle était son Autre Partie. Elle pouvait voyager avec lui à travers les champs Élysées, où les âmes illuminées habitent, et où les âmes qui cherchent encore l'illumination se rendent de temps à autre, pour se nourrir d'espérance.

Elle n'aurait su préciser combien de temps s'était écoulé, jusqu'au moment où elle se vit de nouveau avec l'être lumineux à l'intérieur du cercle qu'elle-même avait tracé. Elle avait déjà éprouvé l'amour, mais jusqu'à cette nuit, l'amour signifiait aussi la peur. Cette peur, aussi faible fût-elle, était toujours un voile, à travers lequel elle pouvait distinguer presque tout, sauf les couleurs. Et, en ce moment, son Autre Partie devant elle, elle comprenait que l'amour était une sensation liée aux couleurs – comme des milliers d'arcs-en-ciel superposés les uns aux autres.

« Tout ce que j'ai perdu par peur de perdre ! » pensa-t-elle, en regardant les arcs-en-ciel.

Elle était allongée, l'être lumineux sur elle, un point de lumière sur son épaule gauche, et des fibres brillantes sortant de son front et de son nombril.

« Je voulais te parler et je n'y arrivais pas, dit-elle.

— À cause de l'alcool », répondit-il.

Pour Brida, c'était un lointain souvenir : le bar, le vin, et la sensation d'être irritée par quelque chose qu'elle ne voulait pas accepter.

« Merci pour les visions.

— Ce n'étaient pas des visions, dit l'être lumineux. Tu as aperçu la sagesse de la Terre et d'une planète lointaine. »

Brida ne désirait pas parler de ces sujets. Elle ne voulait pas de leçons, simplement ressentir ce qu'elle avait éprouvé.

« Moi aussi je suis lumineuse ?

— Comme moi. La même couleur, la même lumière. Et les mêmes faisceaux d'énergie. »

La couleur était maintenant dorée, et les faisceaux d'énergie qui sortaient de leur nombril et de leur front étaient d'un bleu clair brillant.

« Je sens que nous étions perdus et que maintenant nous sommes hors de danger, dit Brida.

— Je suis fatigué. Nous devons rentrer. Moi aussi j'ai beaucoup bu. »

Brida savait que, quelque part, il existait un monde avec des bars, des champs de blé et des stations de bus. Mais elle ne voulait pas y retourner, tout ce qu'elle désirait, c'était rester là pour toujours. Elle entendit une voix lointaine faire des invocations, tandis que la lumière autour d'elle diminuait peu à peu, jusqu'à s'éteindre. Une lune énorme se ralluma dans le ciel, illuminant la campagne. Ils étaient nus, enlacés. Et ils ne sentaient ni le froid ni la honte.

Le Magicien pria Brida de clore le rituel, puisque c'était elle qui l'avait commencé. Brida prononça les mots qu'elle connaissait, et il l'aida. Une fois les formules dites jusqu'au bout, il ouvrit le cercle magique. Ils s'habillèrent tous les deux et s'assirent sur le sol.

« Partons d'ici », dit Brida au bout d'un certain temps. Le Magicien se leva, et elle en fit autant. Elle ne savait pas quoi dire, elle était troublée, et lui aussi. Ils avaient avoué leur amour et maintenant, comme n'importe quel couple qui vit cette expérience, ils n'arrivaient pas à se regarder dans les yeux.

Ce fut le Magicien qui rompit le silence.

« Tu dois retourner en ville. Je sais où appeler un taxi. »

Brida ne savait pas si elle était déçue ou soulagée par ce commentaire. La sensation de joie commençait à faire place au malaise et au mal de tête. Elle était certaine qu'elle serait de piètre compagnie cette nuit-là.

« D'accord », répondit-elle.

Ils changèrent encore une fois de direction et retournèrent vers la ville. Il appela un taxi d'une cabine téléphonique. Puis ils restèrent assis sur le bord du trottoir, en attendant la voiture.

« Je veux te remercier pour cette nuit », dit-elle.

Lui ne dit rien.

« Je ne sais pas si la fête de l'équinoxe est une fête seulement pour les sorcières. Mais ce sera un jour important pour moi.

— Une fête est une fête.

— Alors j'aimerais t'inviter. »

Il fit le geste de quelqu'un qui veut changer de sujet. Il devait penser à ce moment-là à la même chose qu'elle – qu'il est difficile de se séparer de son Autre Partie, après qu'on l'a trouvée. Elle l'imaginait rentrant chez lui, tout seul, se demandant quand elle reviendrait. Elle reviendrait, parce que son cœur le commandait. Mais la solitude des forêts est plus difficile à supporter que la solitude des villes.

« Je ne sais pas si l'amour survient brusquement, continua Brida. Mais je sais que je lui suis ouverte. Je suis prête. »

Le taxi arriva. Brida regarda encore une fois le Magicien, et elle le sentit rajeuni.

« Moi aussi je suis prêt pour l'Amour », dit-il, et ce fut tout.

La cuisine était vaste, et les rayons de soleil entraient par les fenêtres d'une propreté immaculée.

« As-tu bien dormi, ma fille ? »

Sa mère posa le chocolat chaud sur la table, avec les toasts et le fromage. Puis elle retourna au fourneau préparer les œufs au bacon.

« J'ai dormi. Je veux savoir si ma robe est prête. J'en ai besoin pour la fête après-demain. »

La mère apporta les œufs au bacon et s'assit. Elle savait que quelque chose n'allait pas chez sa fille, mais elle ne pouvait rien faire. Aujourd'hui elle aurait aimé lui parler comme jamais elle ne l'avait fait auparavant, mais cela n'avancerait pas à grand-chose. Il y avait dehors un monde nouveau, qu'elle ne connaissait pas encore.

Elle avait peur, parce qu'elle l'aimait et qu'elle cheminait seule dans ce monde nouveau.

« La robe sera-t-elle prête, maman ? insista Brida.

— Avant le déjeuner », répondit-elle. Et cela la rendit heureuse. Au moins pour certaines choses, le monde n'avait pas changé. Les mères continuaient de résoudre les problèmes de leurs filles.

Elle hésita un peu. Mais finalement elle demanda :

« Comment va Lorens, ma grande ?

— Bien. Il viendra me chercher cet après-midi. »

Elle fut soulagée et triste en même temps. Les problèmes du cœur meurtrissent toujours l'âme, et elle rendit grâce à Dieu que sa fille ne se trouvât pas dans cette situation. Mais, d'autre part, c'était peut-être le seul domaine dans lequel elle pourrait l'aider ; l'amour avait très peu changé à travers les siècles.

Elles sortirent faire un tour dans la petite ville où Brida avait passé toute son enfance. Les maisons étaient toujours les mêmes, les gens faisaient encore les mêmes choses. La jeune fille rencontra quelques amies de collège, qui aujourd'hui travaillaient dans l'unique agence bancaire ou à la papeterie. Tout le monde se connaissait par son nom, et saluait Brida ; certains s'exclamaient qu'elle avait grandi, d'autres insinuaient qu'elle était devenue une jolie femme. À dix heures du matin, elles prirent un thé dans le restaurant où la mère se rendait souvent le samedi, avant de connaître son mari, en quête d'une rencontre, d'une passion soudaine, d'un événement qui mettrait fin tout d'un coup à la monotonie des jours.

La mère regarda de nouveau sa fille, tandis qu'elles se racontaient ce qui était arrivé de nouveau dans la vie de chacun des habitants de la ville. Brida continuait de s'y intéresser, et elle s'en réjouit.

« J'ai besoin de la robe aujourd'hui »,
répéta Brida. Elle avait l'air triste, mais c'était
sans doute pour une autre raison. Elle savait
bien que sa mère avait toujours satisfait ses
désirs.

Elle devait essayer encore, poser les questions que les enfants détestent toujours
entendre, parce que ce sont des personnes
indépendantes, libres, capables de résoudre
leurs difficultés.

« Tu as un souci ?

— As-tu déjà aimé deux hommes, maman ? »

Il y avait un ton de défi dans sa voix, comme
si le monde ne tendait ses pièges que pour elle.

La mère trempa une madeleine dans sa tasse
de thé, et mangea avec délicatesse. Son regard
courut à la recherche d'un temps quasi perdu.

« Oui. Cela m'est arrivé. »

Brida s'arrêta et la regarda, étonnée.

La mère sourit. Puis elle l'invita à poursuivre
la promenade.

« Ton père a été mon premier et mon plus
grand amour, dit-elle, quand elles sortirent du
restaurant. Je suis heureuse auprès de lui. J'ai
eu tout ce dont j'avais rêvé quand j'étais bien
plus jeune que toi. À cette époque, mes amies
et moi, nous croyions que notre seule raison
de vivre était l'amour. Celle qui ne réussissait
pas à rencontrer quelqu'un n'aurait pas pu dire
qu'elle avait réalisé ses rêves.

— Reviens au sujet, maman. »

Brida était impatiente.

« J'avais des rêves très différents. Je rêvais,
par exemple, de faire ce que tu as fait : aller
vivre dans une grande ville, connaître le

monde qui se trouvait au-delà des limites de mon village. Le seul moyen d'obtenir que mes parents acceptent ma décision, c'était de leur expliquer que j'avais besoin d'étudier ailleurs, de suivre des études qui n'existaient pas dans les environs.

« J'ai passé des nuits éveillée, pensant à la conversation que j'aurais avec eux. Je préparais chaque phrase que j'allais prononcer, ce qu'ils répondraient, et la façon dont je devrais argumenter de nouveau. »

Sa mère ne lui avait jamais parlé de cette manière. Brida écoutait gentiment, et elle éprouva un certain remords. Elles auraient pu partager d'autres moments comme celui-là toutes les deux, mais chacune était prisonnière de son monde et de ses valeurs.

« Deux jours avant notre conversation, j'ai rencontré ton père. Je l'ai regardé dans les yeux et ils avaient une lumière particulière, comme si j'avais trouvé la personne que je désirais le plus rencontrer dans la vie.

— Je connais ça, maman.

— Quand j'ai connu ton père, j'ai compris aussi que ma quête était terminée. Je n'avais plus besoin d'une explication pour le monde, et je ne me sentais plus frustrée de vivre ici, parmi les mêmes personnes, à faire les mêmes choses. Chaque jour est devenu différent, à cause de l'immense amour que nous avions l'un pour l'autre.

« Nous nous sommes fiancés puis mariés. Je ne lui ai jamais parlé de mes rêves de vivre dans une grande ville, de connaître d'autres lieux et d'autres gens. Parce que, tout d'un coup, le monde entier tenait dans mon village. L'amour donnait une explication à ma vie.

— Tu as parlé d'une autre personne, maman.

— Je veux te montrer quelque chose », dit-elle, et ce fut tout.

Elles marchèrent jusqu'au pied d'un grand escalier menant à la seule église catholique de l'endroit, qui avait été construite et détruite au cours de plusieurs guerres de religion. Brida avait l'habitude de s'y rendre tous les dimanches pour la messe, et monter ces marches – quand elle était petite – était un véritable supplice. Au début de chaque rampe se trouvait la statue d'un saint – saint Paul à gauche, et l'apôtre Jacques à droite – bien abîmée par le temps et par les touristes. Le sol était jonché de feuilles sèches, comme si, dans cet endroit, ce n'était pas le printemps mais l'automne qui arrivait.

L'église était située en haut de la colline, et il était impossible de la voir de là où elles se trouvaient, à cause des arbres. La mère s'assit sur la première marche et invita Brida à en faire autant.

« C'était ici, dit la mère. Un jour, pour une raison dont je ne me souviens plus, j'ai décidé de prier l'après-midi. J'avais besoin d'être seule, de réfléchir sur ma vie, et j'ai pensé que l'église là-haut serait un bon endroit pour cela.

« Mais quand je suis arrivée ici, j'ai trouvé un homme. Il était assis là où tu te trouves, deux valises à côté de lui, et il semblait perdu, cherchant désespérément quelque chose dans un livre ouvert entre ses mains. J'ai pensé que c'était un touriste à la recherche d'un hôtel, et j'ai décidé de m'approcher. C'est moi qui ai entamé la conversation. Au début il était un peu étonné, mais il s'est vite senti à l'aise avec moi.

« Il m'a expliqué qu'il n'était pas perdu. Il était archéologue et se dirigeait en voiture vers le nord – où l'on avait découvert des ruines – quand son moteur est tombé en panne. Un mécanicien était en route et il avait profité de l'attente pour venir voir l'église. Il m'a posé des questions sur le bourg, les villages des environs, les monuments historiques.

« Soudain, mes problèmes de cet après-midi-là ont disparu comme par miracle. Je me sentais utile, et j'ai commencé à lui raconter tout ce que je savais, comprenant que toutes les années que j'avais vécues dans cette région prenaient un sens. J'avais devant moi un homme qui étudiait les gens et les peuples, qui pouvait conserver pour toujours, pour toutes les générations futures, ce que j'avais entendu ou découvert quand j'étais petite. Cet homme sur le grand escalier m'a fait comprendre l'importance que j'avais pour le monde et pour l'histoire de mon pays. Je me suis sentie nécessaire, et c'est l'une des meilleures sensations qu'un être humain puisse éprouver.

« Quand j'ai fini de parler de l'église, nous avons continué à bavarder d'autres choses. Je lui ai parlé de la fierté que j'éprouvais pour ma ville, et il m'a répondu en citant la phrase d'un écrivain, dont je ne me rappelle pas le nom, disant : "C'est ton village qui te donne le pouvoir universel."

— Léon Tolstoï », répliqua Brida.

Mais sa mère voyageait dans le temps, comme elle l'avait fait un jour. Seulement elle n'avait pas besoin de cathédrales dans l'espace, de bibliothèques souterraines ou de livres poussiéreux ; il lui suffisait du souvenir d'un après-midi de printemps et d'un homme avec des valises sur un escalier.

« Nous avons parlé un certain temps. J'avais tout l'après-midi pour rester avec lui, mais à tout moment pouvait arriver un mécanicien. J'ai décidé de profiter au maximum de chaque seconde. Je l'ai interrogé sur son monde, les fouilles, le défi de vivre en cherchant le passé dans le présent. Il m'a parlé de guerriers, de sages et de pirates qui avaient habité nos terres.

« Quand je suis revenue à moi, le soleil était presque à l'horizon, et jamais, de toute ma vie, un après-midi n'était passé aussi vite.

« J'ai compris qu'il ressentait la même chose. Il me posait continuellement des questions, cherchant à poursuivre la conversation, et ne me laissait pas le temps de dire que je devais m'en aller. Il parlait sans arrêt, il racontait tout ce qu'il avait vécu jusqu'à ce jour-là, et il voulait savoir la même chose de moi. J'ai remarqué que ses yeux me désiraient, même si j'étais, à cette époque, presque deux fois plus vieille que tu ne l'es à présent.

« C'était le printemps, une délicieuse odeur de renouveau flottait dans l'air et je me suis sentie rajeunir. Ici, dans les environs, il y a une fleur qui n'apparaît qu'en automne ; eh bien, cet après-midi-là, je me suis sentie pareille à cette fleur. Comme si soudain, à l'automne de ma vie, alors que je pensais avoir vécu tout ce que je

221

pouvais vivre, cet homme apparaissait sur l'escalier seulement pour me montrer qu'aucun sentiment – l'amour, par exemple – ne vieillit avec le corps. Les sentiments font partie d'un monde que je ne connais pas, mais c'est un monde dans lequel n'existe ni temps, ni espace, ni frontières. »

Elle demeura quelque temps silencieuse. Son regard restait perdu dans ce printemps.

« J'étais là, comme une adolescente de trente-huit ans, me sentant de nouveau désirée. Il ne voulait pas que je m'en aille. Et puis, à un certain moment, il a cessé de parler. Il m'a regardée au fond des yeux, et il a souri. Comme s'il avait compris avec son cœur ce que je pensais et voulait me dire que c'était vrai, que je comptais beaucoup pour lui. Nous sommes restés muets un certain temps, et puis nous nous sommes séparés. Le mécanicien n'était pas arrivé.

« Pendant des jours, je me suis demandé si cet homme existait vraiment, ou si c'était un ange que Dieu m'avait envoyé pour me montrer les leçons secrètes de la vie. Finalement, j'ai conclu que c'était vraiment un homme. Un homme qui m'avait aimée, ne fût-ce que pour un après-midi, et qui m'avait alors livré ce qu'il avait gardé toute sa vie – ses luttes, ses extases, ses difficultés et ses rêves. Moi aussi je me suis donnée complètement cet après-midi-là – j'ai été sa compagne, son épouse, sa confidente, son amante. En quelques heures, j'ai pu connaître l'amour de toute une vie. »

La mère regarda la fille. Elle aurait aimé qu'elle eût tout compris. Mais au fond, elle pensait que Brida vivait dans un monde où ce genre d'amour n'avait plus sa place.

« Je n'ai jamais cessé d'aimer ton père, pas même un seul jour, conclut-elle. Il a toujours été auprès de moi, il m'a donné le meilleur de lui-même, et je veux être avec lui jusqu'à la fin de mes jours. Mais le cœur est un mystère, et jamais je ne comprendrai ce qui s'est passé. Ce que je sais, c'est que cette rencontre m'a donné plus de confiance en moi, en me montrant que j'étais encore capable d'aimer et d'être aimée, et m'enseignant quelque chose que je n'oublierai jamais : lorsqu'on trouve une chose importante dans la vie, cela ne veut pas dire qu'il faille renoncer à toutes les autres.

« Parfois je pense encore à lui. J'aimerais savoir où il se trouve, s'il a découvert ce qu'il cherchait cet après-midi-là, s'il est en vie, ou si Dieu s'est chargé de prendre soin de son âme. Je sais qu'il ne reviendra jamais – c'est pour cela que j'ai pu l'aimer avec autant de force et autant de certitude. Parce que je ne pourrai jamais le perdre, il s'est livré complètement cet après-midi-là. »

La mère se leva.

« Je crois qu'il faut rentrer à la maison terminer ta robe, dit-elle.

— Je vais rester encore un peu ici », répondit Brida.

La mère s'approcha de sa fille et l'embrassa tendrement.

« Merci de m'avoir écoutée. C'était la première fois que je racontais cette histoire. J'ai toujours eu peur de mourir avec elle, et qu'elle disparaisse à tout jamais de la surface de la Terre. Désormais tu vas la garder pour moi. »

Brida grimpa les marches et s'arrêta devant l'église. L'édifice, petit et rond, était la grande fierté de la région ; c'était l'un des premiers lieux sacrés du christianisme dans ce pays, et chaque année des chercheurs et des touristes venaient le visiter. Il ne restait rien de la construction originelle du Ve siècle, sauf quelques parties du sol ; mais chaque destruction laissait un morceau intact, aussi le visiteur pouvait-il voir l'histoire de plusieurs styles architecturaux dans une même construction.

À l'intérieur, un orgue jouait, et Brida resta quelque temps à écouter la musique. Dans cette église, les choses étaient bien expliquées, l'univers à la place exacte où il devait être, et celui qui y entrait n'avait plus à se préoccuper de rien. Là, il n'y avait pas de forces mystérieuses au-dessus des gens, de nuits obscures où il fallait croire sans comprendre. On n'y parlait plus de bûchers, et les religions du monde entier cohabitaient comme si elles étaient alliées, reliant de nouveau l'homme à Dieu. Son pays était encore une exception dans cette cohabitation pacifique – dans le Nord, les gens se tuaient au nom de la foi. Mais cela se terminerait dans quelques années ; Dieu avait presque une explication. Il était un père généreux, tous étaient sauvés.

« Je suis une sorcière », se dit-elle, luttant contre une pulsion de plus en plus violente qui la poussait à entrer. Sa Tradition était maintenant différente et, même si c'était le même Dieu, si elle franchissait ces portes, elle profanerait un lieu et elle en serait souillée.

Elle alluma une cigarette et regarda l'horizon, essayant de ne plus y penser. Elle tenta de se concentrer sur sa mère. Elle eut envie de se précipiter à la maison, de se jeter dans ses bras et de lui raconter que dans deux jours elle serait initiée aux Grands Mystères des sorcières. Qu'elle avait voyagé dans le temps, qu'elle connaissait la puissance du sexe, qu'elle était capable de savoir ce qu'il y avait dans la vitrine d'une boutique en utilisant simplement les techniques de la Tradition de la Lune. Elle avait besoin de tendresse et de compréhension, parce que elle aussi savait des histoires qu'elle ne pouvait raconter à personne.

L'orgue cessa de jouer, et Brida entendit de nouveau les voix de la ville, le chant des oiseaux, le vent qui cognait dans les branches et annonçait la venue du printemps. Derrière l'église, une porte s'ouvrit et se ferma – quelqu'un était sorti. Pendant un moment, elle se revit un dimanche quelconque de son enfance, debout là où elle se trouvait maintenant, furieuse parce que la messe était longue et que le dimanche était le seul jour où elle pouvait courir dans les champs.

« Je dois entrer. » Peut-être sa mère comprendrait-elle ce qu'elle ressentait ; mais, à ce moment-là, elle était loin. Devant elle, il y avait une église vide. Elle n'avait jamais interrogé Wicca sur le rôle du christianisme dans tout ce qui se passait. Elle avait l'impression que si elle franchissait cette porte, elle trahirait les sœurs brûlées sur le bûcher.

« Mais moi aussi j'ai été brûlée sur le bûcher », se dit-elle. Elle se souvint de l'oraison de Wicca le jour où l'on commémorait le martyre des sorcières. Et dans cette oraison, elle avait cité Jésus et la Vierge Marie. L'amour était au-dessus de tout, et l'amour n'avait pas de haines, seulement des équivoques. Peut-être, à une certaine époque, les hommes avaient-ils décidé d'être les représentants de Dieu – et ils avaient commis des erreurs.

Mais Dieu n'avait rien à voir avec cela.

Il n'y avait personne à l'intérieur lorsqu'elle entra enfin. Quelques cierges allumés montraient que, le matin, une personne s'était préoccupée de renouveler son alliance avec une force qu'elle ne faisait que pressentir et, de cette manière, avait franchi le pont entre le visible et l'invisible. Elle regretta ce qu'elle venait de penser : là non plus rien n'était expliqué, et les gens devaient faire leur pari, s'enfoncer dans la Nuit Obscure de la foi. Face à elle, les bras ouverts sur la Croix, se trouvait ce Dieu qui paraissait trop simple.

Il ne pouvait pas l'aider. Elle était seule devant ses décisions, et personne ne pourrait l'aider. Elle devait apprendre à courir des risques. Elle ne possédait pas les mêmes facilités que le crucifié devant elle, qui connaissait sa mission parce qu'il était le fils de Dieu. Jamais il ne se trompa. Il ne connut pas l'amour parmi les hommes, seulement l'amour pour son Père. Tout ce qu'il avait à faire, c'était montrer sa sagesse et enseigner de nouveau à l'humanité le chemin des cieux.

Mais, n'était-ce que cela ? Elle se souvint d'une leçon de catéchisme, un dimanche où le prêtre était plus inspiré que de coutume. Ce jour-là, ils étudiaient l'épisode de la Passion dans lequel Jésus adresse une prière à Dieu, suant du sang, et demandant qu'on éloigne le calice auquel il doit boire.

« Mais s'il savait déjà qu'il était le fils de Dieu, pourquoi a-t-il demandé cela ? avait-elle demandé au prêtre.

— Parce qu'il ne savait qu'avec le cœur. S'il avait eu une certitude absolue, sa mission n'aurait eu aucun sens, parce qu'il ne se serait pas transformé complètement en homme. Être homme, c'est avoir des doutes, et pourtant poursuivre son chemin. »

Elle regarda de nouveau l'image et, pour la première fois de toute sa vie, se sentit plus proche de celle-ci ; peut-être y avait-il là un homme seul et qui avait peur, affrontant la mort et demandant : « Père, Père, pourquoi m'as-tu abandonné ? » S'il avait prononcé ces mots, c'est que même lui n'était pas sûr de ses pas. Il avait fait un pari, livré à la Nuit Obscure comme tous les hommes, sachant qu'il ne trouverait la réponse qu'au terme de son voyage. Il avait dû connaître lui aussi l'angoisse de prendre des décisions, d'abandonner son père, sa mère et sa petite cité, pour aller à la recherche des secrets des hommes, des mystères de la Loi.

S'il était passé par tout cela, il avait aussi connu l'amour, bien que les Évangiles n'aient jamais abordé ce sujet – l'amour entre les personnes était beaucoup plus difficile à comprendre que l'amour pour un Être suprême. Mais maintenant elle se souvenait que, lorsqu'il ressuscita, la première personne à qui il apparut fut une femme, qui l'avait accompagné jusqu'au bout.

L'image silencieuse semblait de son avis. Il avait goûté le vin, le pain, les fêtes, les gens et les beautés du monde. Il était impossible qu'il n'eût pas connu l'amour d'une femme, et c'était pour cela qu'il avait sué du sang au jardin des Oliviers, car il était très difficile de quitter la terre et de se donner pour l'amour de tous les hommes, après avoir connu l'amour d'une seule créature.

Il avait goûté tout ce que le monde peut offrir, et pourtant il avait poursuivi sa longue route, sachant que la Nuit Obscure peut se terminer sur une croix, ou sur un bûcher.

« Nous sommes tous venus au monde pour courir les risques de la Nuit Obscure, Seigneur. J'ai peur de la mort, mais je ne veux pas perdre la vie. J'ai peur de l'amour, parce qu'il renferme des choses qui dépassent notre compréhension ; sa lumière est immense, mais son ombre m'effraie. »

Elle se rendit compte qu'elle priait sans le savoir. Le Dieu simple la regardait ; il semblait comprendre ses mots et les prendre au sérieux.

Pendant un moment, elle attendit une réponse de sa part, mais elle n'entendit aucun son, ni ne perçut le moindre signe. La réponse était là, devant elle, dans cet homme cloué sur une croix. Il avait joué sa partie, et montré au monde que si chacun jouait aussi la sienne, plus personne n'aurait à souffrir.

Parce qu'il avait déjà souffert pour tous les hommes qui avaient eu le courage de lutter pour leurs rêves.

Brida pleura un peu, sans savoir pourquoi.

Au lever du jour le temps était couvert, mais il n'allait pas pleuvoir. Lorens vivait depuis des années dans cette ville, il comprenait ses nuages. Il se leva et alla à la cuisine préparer un café.

Brida entra avant que l'eau ne commence à bouillir.

« Tu t'es couchée très tard hier », dit-il.

Elle ne répondit pas.

« C'est aujourd'hui, continua-t-il. Je sais combien c'est important. J'aimerais beaucoup être auprès de toi.

— C'est une fête, répondit Brida.

— Que veux-tu dire par là ?

— C'est une fête. Depuis que nous nous connaissons, nous sommes toujours allés ensemble aux fêtes. Tu es invité. »

Le Magicien alla voir si la pluie de la veille avait abîmé ses bromélias. Ils étaient parfaits. Il rit de lui-même – finalement, les forces de la Nature réussissaient parfois à se comprendre.

Il pensa à Wicca. Elle ne distinguerait pas les points lumineux, parce que seules les Autres Parties peuvent voir cela entre elles ; mais elle allait remarquer l'énergie des faisceaux de lumière circulant entre lui et sa disciple. Les sorcières étaient, avant tout, des femmes.

La Tradition de la Lune appelait cela « Vision de l'Amour » et, bien que cela pût se produire entre des personnes simplement amoureuses – sans aucun rapport avec l'Autre Partie –, il soupçonna que cette vision allait la mettre en colère. Colère féminine, colère de marâtre de Blanche-Neige, qui n'admettait pas qu'une autre fût la plus belle.

Wicca, cependant, était une Maîtresse, et elle comprendrait vite l'absurdité de ce sentiment. Mais à ce moment-là son aura aurait déjà changé de couleur.

Alors il s'approcherait d'elle, embrasserait son visage et lui dirait qu'elle était jalouse. Elle affirmerait que non. Et lui demanderait pourquoi elle s'était mise en colère.

Elle répondrait qu'elle était une femme et qu'elle n'avait pas à rendre compte de ses sentiments. Il lui donnerait un autre baiser, parce qu'elle disait la vérité. Et il ajouterait qu'elle lui avait beaucoup manqué tout le temps où ils étaient séparés, et encore qu'il l'admirait plus que toute autre femme au monde, sauf Brida, parce que Brida était son Autre Partie.

Wicca serait heureuse, parce qu'elle était sage.

« Je suis vieux. Voilà que j'imagine des conversations. » Mais cela ne venait pas de l'âge – les hommes amoureux se comportent toujours ainsi, pensa-t-il.

Wicca était contente parce que la pluie avait cessé et que les nuages allaient se dissiper avant la tombée de la nuit. La nature devait être en accord avec les œuvres de l'être humain.

Toutes les mesures étaient prises, chaque personne avait joué son rôle, il ne manquait rien.

Elle alla jusqu'à l'autel et invoqua son Maître. Elle le pria d'être présent cette nuit-là ; trois nouvelles sorcières seraient initiées aux Grands Mystères et elle portait sur ses épaules une responsabilité énorme.

Ensuite, elle alla à la cuisine préparer le petit déjeuner. Elle fit un jus d'orange, des toasts, et mangea quelques biscuits de régime. Elle faisait encore attention à son apparence, elle savait qu'elle était belle. Elle n'avait pas besoin de renoncer à sa beauté seulement pour prouver qu'elle était aussi intelligente et capable.

Tandis qu'elle remuait distraitement son café, elle se rappela un jour comme celui-là, des années plus tôt, où son Maître marqua son destin du sceau des Grands Mystères. Pendant quelques instants, elle tenta d'imaginer celle qu'elle était alors, quels étaient ses rêves, ce qu'elle désirait de la vie.

« Je suis vieille. Voilà que je me remémore le passé », dit-elle tout haut. Elle finit son petit déjeuner rapidement et commença ses préparatifs. Elle avait encore quelque chose à faire.

Mais elle savait qu'elle ne devenait pas vieille. Dans son monde, le Temps n'existait pas.

Brida s'étonna du grand nombre d'automobiles garées au bord de la route. Les nuages lourds de la matinée avaient fait place à un ciel clair, dans lequel le soleil couchant montrait ses derniers rayons ; malgré le froid, c'était le premier jour du printemps.

Elle invoqua la protection des esprits de la forêt, puis regarda Lorens. Il répéta les mêmes mots, un peu gêné, mais content de se trouver là. Pour qu'ils restent unis, il fallait que chacun marche, de temps en temps, dans la réalité de l'autre. Entre eux deux aussi il y avait un pont entre le visible et l'invisible. La magie était présente dans tous les gestes.

Ils avaient marché vite dans le bois, et bientôt ils arrivèrent dans la clairière. Brida s'attendait à quelque chose de semblable : des hommes et des femmes de tous âges, exerçant probablement les professions les plus diverses, étaient réunis en groupes, parlant entre eux, essayant de faire en sorte que tout cela parût la chose la plus naturelle du monde. Pourtant, ils étaient tous aussi perplexes qu'eux.

« Ce sont tous ces gens-là ? »

Lorens ne s'y attendait pas.

Brida répondit que non ; certains étaient invités comme lui. Elle ne savait pas exactement qui devait participer ; tout serait révélé au bon moment.

Ils choisirent un coin et Lorens jeta le sac par terre. À l'intérieur se trouvaient la robe de Brida et trois bonbonnes de vin ; Wicca avait recommandé que chaque personne, participante ou invitée, en apportât une. Avant de quitter la maison, Lorens avait demandé qui était le troisième invité. Brida avait mentionné le Magicien auquel elle avait l'habitude de rendre visite dans les montagnes et il n'y avait plus accordé d'importance.

« Imagine si mes amies apprennent que, cette nuit, je suis dans un vrai sabbat » entendit-il une femme déclarer à côté de lui.

Le sabbat des sorcières. La fête qui avait survécu au sang, aux bûchers, à l'âge de la raison, et à l'oubli. Lorens essaya de se mettre à son aise, se disant qu'il y avait là beaucoup d'autres personnes dans sa situation. Il remarqua que plusieurs troncs de bois sec étaient empilés au centre de la clairière et il frissonna.

Wicca était dans un coin, parlant avec un groupe. Apercevant Brida, elle vint la saluer et lui demander si tout allait bien. Celle-ci la remercia de sa gentillesse et lui présenta Lorens.

« J'ai invité quelqu'un d'autre », dit-elle.

Wicca la regarda, surprise. Mais elle fit aussitôt un large sourire ; Brida eut la certitude qu'elle savait de qui il s'agissait.

« Je suis contente, répondit-elle. La fête est aussi la sienne. Et il y a longtemps que je n'ai pas vu ce vieux sorcier. Peut-être a-t-il appris quelque chose. »

D'autres gens arrivèrent, sans que Brida pût distinguer qui était invité et qui était participant. Une demi-heure plus tard, alors qu'une centaine de personnes bavardaient à voix basse dans la clairière, Wicca réclama le silence.

« Ceci est une cérémonie, dit-elle. Mais cette cérémonie est une fête. Je vous en prie, aucune fête ne commence avant que l'on n'ait rempli les calices. »

Elle ouvrit sa bonbonne et remplit le verre de quelqu'un qui se trouvait près d'elle. En peu de temps, les grosses bouteilles circulaient et le ton des voix montait d'une façon perceptible. Brida ne voulait pas boire ; le souvenir d'un homme, dans un champ de blé, lui montrant les temples secrets de la Tradition de la Lune, était encore vif dans sa mémoire. En outre, l'invité qu'elle attendait n'était pas encore arrivé.

Lorens, quant à lui, était beaucoup plus détendu, et il commença à entamer la conversation avec ses voisins.

« C'est une fête ! » dit-il en riant à Brida. Il s'était préparé pour des choses de l'autre monde, et ce n'était qu'une fête. Beaucoup plus divertissante, d'ailleurs, que les fêtes de scientifiques qu'il était obligé de fréquenter.

À une certaine distance de son groupe se trouvait un monsieur à la barbe blanche dans lequel il reconnut un des professeurs de l'université. Il hésita un moment, mais le monsieur le reconnut aussi et, de là où il se trouvait, leva son verre à son intention.

Lorens était soulagé – la chasse aux sorcières, ou à leurs sympathisants, n'existait plus.

« On dirait un pique-nique », entendit Brida. Oui, cela ressemblait à un pique-nique et cela l'irritait. Elle s'attendait à un événement plus ritualisé, plus proche des sabbats qui avaient inspiré Goya, Saint-Saëns, Picasso. Elle prit la bonbonne qui se trouvait à côté d'elle et se mit elle aussi à boire.

Une fête. Franchir le pont entre le visible et l'invisible à travers une fête. Brida aurait beaucoup aimé voir comment le sacré pouvait se manifester dans une atmosphère aussi profane.

La nuit tombait rapidement et les gens ne cessaient de boire. Dès que l'obscurité menaça de recouvrir le lieu, certains des hommes présents – en dehors de tout rituel – allumèrent le feu. Autrefois aussi c'était ainsi : le bûcher, avant d'être un puissant élément magique, n'était qu'une lumière. Une lumière autour de laquelle les femmes se réunissaient pour parler de leurs hommes, de leurs expériences magiques, de leurs rencontres avec les succubes et les incubes, les redoutables démons sexuels du Moyen Âge. Autrefois, c'était aussi cela, une fête, une immense fête populaire, la célébration joyeuse du printemps et de l'espoir, à une époque où être joyeux c'était défier la Loi, parce que personne ne pouvait se divertir dans un monde fait seulement pour tenter les faibles. Les seigneurs de la terre, retranchés dans leurs sombres châteaux, regardaient les feux dans les forêts et se sentaient floués – ces paysans voulaient connaître le bonheur, et celui qui connaît le bonheur ne peut plus vivre dans la tristesse sans se révolter. Les paysans auraient pu avoir envie d'être heureux toute l'année, et le système politique et religieux en aurait été menacé.

Quatre ou cinq personnes, déjà à demi ivres, commencèrent à danser autour du bûcher, voulant peut-être imiter une fête de sorcières. Parmi les danseurs, Brida reconnut une Initiée qu'elle avait rencontrée le jour où Wicca commémorait le martyre des sœurs. Elle en fut choquée, car elle imaginait que les gens de la Tradition de la Lune avaient un comportement plus conforme au lieu sacré qu'ils foulaient. Elle se souvint de la nuit avec le Magicien, et de la façon dont l'alcool avait brouillé la communication entre eux durant leur promenade astrale.

« Mes amis vont mourir d'envie, entendit-elle. Ils ne croiront jamais que je suis venue ici. »

C'en fut trop pour elle. Elle avait besoin de s'éloigner un peu, de bien comprendre ce qui se passait et de lutter contre l'immense désir de rentrer chez elle, de fuir cet endroit avant que tout ce à quoi elle avait cru pendant presque un an ne la déçoive. Elle chercha Wicca des yeux. Celle-ci riait et s'amusait comme les autres invités. Les gens autour du bûcher étaient de plus en plus nombreux, certains frappaient dans leurs mains et chantaient, accompagnés par d'autres qui tapaient sur les bonbonnes vides à l'aide de bâtons et de clefs.

« Je dois faire un tour », dit-elle à Lorens.

Il avait déjà formé un groupe autour de lui, et un auditoire fasciné écoutait ses histoires sur les vieilles étoiles et les miracles de la physique moderne. Mais il cessa de parler immédiatement.

« Veux-tu que je t'accompagne ?

— Je préfère y aller seule. »

Elle s'éloigna du groupe et se dirigea vers la forêt. Les voix étaient de plus en plus animées et de plus en plus hautes, et tout cela commença à se mêler dans sa tête – les gens ivres, les commentaires, ceux qui jouaient à la sorcellerie autour du bûcher. Elle avait attendu si longtemps cette nuit, et ce n'était qu'une fête. Une fête pareille à celles des associations de bienfaisance, dans lesquelles les gens dînent, s'enivrent, plaisantent, et puis font des discours sur la nécessité de venir en aide aux Indiens de l'hémisphère Sud ou aux phoques du pôle Nord.

Elle commença à marcher dans la forêt, gardant toujours le bûcher dans son champ de vision. Elle monta par un chemin qui contournait le rocher et qui lui permettait de voir la scène d'en haut. Mais, même vue de haut, celle-ci était désolante : Wicca parcourant les différents groupes pour savoir si tout allait bien, les gens dansant autour du bûcher, quelques couples échangeant leurs premiers baisers alcoolisés. Lorens parlait avec animation à deux hommes, peut-être de choses qui auraient très bien convenu dans une rencontre de bar, mais pas dans une fête comme celle-là. Un retardataire arrivait, traversant le bois ; un étranger encouragé par le bruit, venant chercher un peu d'amusement.

Sa démarche lui était familière.

Le Magicien.

Brida sursauta et se mit à courir dans la descente du chemin. Elle voulait le rencontrer avant qu'il n'arrivât à la fête. Elle avait besoin qu'il vînt à son secours comme il l'avait déjà fait tant de fois. Elle avait besoin de comprendre le sens de tout cela.

« Wicca sait organiser un sabbat », pensa le Magicien, à mesure qu'il s'approchait. Il pouvait voir et sentir l'énergie circuler librement. Dans cette phase du rituel, le sabbat ressemblait à n'importe quelle autre fête ; il fallait faire en sorte que tous les invités communient d'une seule vibration. Dans le premier sabbat de sa vie, il avait été très choqué par tout cela ; il se souvint qu'il avait appelé son Maître dans un coin, pour savoir ce qui était en train de se passer.

« Es-tu déjà allé à une fête ? » lui demanda le Maître, fâché parce qu'il interrompait une conversation animée.

Le Magicien répondit que oui.

« Et qu'est-ce qui fait qu'une fête est réussie ?

— Quand tout le monde s'amuse.

— Les hommes donnent des fêtes depuis l'âge des cavernes, lui avait dit le Maître. Ce sont les premiers rituels collectifs dont on ait connaissance, et la Tradition du Soleil s'est chargée de maintenir cela vivant jusqu'à nos jours. Une bonne fête nettoie les ondes négatives de tous les participants ; mais il est très difficile d'atteindre ce résultat – il suffit de quelques-uns pour gâcher la joie commune. Ces personnes se jugent plus importantes que les autres, elles sont difficiles à satisfaire, elles pensent qu'elles sont en train de perdre leur temps parce qu'elles n'ont pas réussi à communier avec les autres. Et elles finissent par connaître une mystérieuse justice : en général elles s'en vont chargées des esprits malfaisants expulsés des personnes qui ont su s'unir aux autres.

« Souviens-toi que le premier chemin qui mène droit jusqu'à Dieu est l'oraison. Le second est la joie. »

Bien des années avaient passé depuis cette conversation avec son Maître. Le Magicien avait participé depuis lors à de nombreux sabbats, et il savait qu'il se trouvait en présence d'une fête rituelle, habilement organisée ; le niveau d'énergie collective augmentait à chaque instant.

Il chercha Brida des yeux ; il y avait beaucoup de monde, il n'avait pas l'habitude des foules. Il savait qu'il devait participer à l'énergie collective, il y était disposé, mais avant il avait besoin de s'habituer un peu. Elle pourrait l'aider. Il se sentirait plus à l'aise dès qu'il la rencontrerait.

C'était un Magicien. Il connaissait la vision du point lumineux. Il n'avait qu'à modifier son état de conscience, et le point surgirait, au milieu de tous ces gens. Il avait cherché des années ce point de lumière – maintenant il ne se trouvait qu'à quelques dizaines de mètres de lui.

Le Magicien modifia son état de conscience. Il regarda de nouveau la fête, la perception altérée cette fois, et il vit des auras aux couleurs les plus diverses – mais toutes s'approchant de la couleur qui devait prédominer cette nuit-là. « Wicca est une grande Maîtresse, elle fait tout très vite », pensa-t-il de nouveau. Bientôt toutes les auras, les vibrations d'énergie que toutes les personnes ont autour de leur corps physique, seraient en harmonie ; et la seconde partie du rituel pourrait commencer.

Il tourna les yeux de gauche à droite et trouva enfin le point de lumière. Il décida de lui faire une surprise en s'approchant sans faire de bruit.

« Brida », dit-il.

Son Autre Partie se retourna.

« Elle est allée faire un tour par là-bas », répondit-il gentiment.

Pendant un moment qui parut éternel, il regarda l'homme qui se tenait devant lui.

« Vous êtes sans doute le Magicien dont Brida me parle tant, dit Lorens. Asseyez-vous avec nous. Elle va bientôt arriver. »

Mais Brida était déjà là, devant eux, l'effroi dans les yeux et la respiration haletante.

De l'autre côté du bûcher, le Magicien devina un regard. Il connaissait ce regard, qui ne pouvait pas voir les points lumineux, puisque seules les Autres Parties se reconnaissent entre elles. Mais c'était un regard ancien et profond, un regard qui connaissait la Tradition de la Lune et le cœur des femmes et des hommes.

Le Magicien se retourna pour faire face à Wicca. Elle sourit de l'autre côté du bûcher – en une fraction de seconde, elle avait tout compris.

Les yeux de Brida aussi étaient fixés sur le Magicien. Ils brillaient de contentement. Il était arrivé.

« Je te présente Lorens », dit-elle.

La fête devenait tout d'un coup amusante, elle n'avait plus besoin d'explications.

Le Magicien était encore dans un état de conscience altéré. Il vit l'aura de Brida changer rapidement de couleur, se rapprochant du ton que Wicca avait choisi. La jeune fille était joyeuse, contente qu'il soit arrivé, et le moindre faux pas pourrait gâcher une fois pour toutes son Initiation cette nuit-là. Il devait se dominer à tout prix.

« Enchanté, dit-il à Lorens. Si vous m'offriez un verre de vin ? »

En souriant, Lorens lui tendit la bouteille.

« Bienvenue dans le groupe, dit-il. La fête va vous plaire. »

De l'autre côté du bûcher, Wicca détourna les yeux et respira, soulagée – Brida n'avait rien deviné. C'était une bonne disciple, elle ne voulait pas l'éloigner de l'Initiation cette nuit-là simplement parce qu'elle n'avait pas réussi à faire le plus simple de tous les pas : communier avec la joie des autres.

« Il fera attention à lui. » Le Magicien avait des années de travail et de discipline derrière lui. Il saurait dominer un sentiment, au moins le temps d'en mettre un autre à sa place. Elle le respectait pour son travail et pour son obstination, et redoutait un peu son immense pouvoir.

Elle bavarda encore avec quelques invités, mais elle ne se remettait pas de la surprise que lui avait causée la scène dont elle venait d'être témoin. C'était donc cela, le motif pour lequel il avait accordé tant d'attention à cette fille qui, tout compte fait, était une sorcière semblable à toutes celles qui avaient passé plusieurs incarnations à apprendre la Tradition de la Lune.

Brida était son Autre Partie.

« Mon instinct féminin fonctionne mal. » Elle avait tout imaginé, sauf le plus évident. Elle se consola en pensant que sa curiosité avait eu un effet positif : c'était le chemin choisi par Dieu pour qu'elle retrouve sa disciple.

Le Magicien aperçut de loin une de ses connaissances et s'excusa auprès du groupe pour aller lui parler. Brida était euphorique, sa présence auprès d'elle lui plaisait, mais elle pensa qu'il valait mieux le laisser partir. Son instinct féminin lui disait qu'il n'était pas souhaitable que lui et Lorens restent très longtemps ensemble – ils pouvaient devenir amis, et quand deux hommes sont amoureux de la même femme, il est préférable qu'ils se détestent plutôt qu'ils deviennent amis. Sinon, elle finirait par les perdre tous les deux.

Elle regarda les gens autour du bûcher, et eut envie de danser aussi. Elle invita Lorens. Il hésita une seconde, mais finalement s'arma de courage. Les gens tournaient et battaient des mains, buvaient du vin et frappaient à l'aide de clefs et de bâtons sur les bonbonnes vides. Chaque fois qu'elle passait devant le Magicien, il souriait et levait son verre. Elle était dans un de ses meilleurs jours.

Wicca entra dans la ronde ; tous étaient détendus et contents. Les invités, jusque-là préoccupés de ce qu'ils allaient raconter, effrayés par ce qu'ils pouvaient voir, s'intégraient maintenant parfaitement à l'Esprit de cette nuit. Le printemps était arrivé, il fallait le célébrer, emplir son âme de foi en ces jours de soleil, oublier le plus vite possible les après-midi gris et les nuits de solitude à l'intérieur de la maison.

Les battements de mains s'amplifiaient et c'était maintenant Wicca qui menait le rythme. Un rythme syncopé, constant, tous les yeux fixés sur le bûcher. Plus personne n'avait froid, on aurait dit que l'été était déjà là. Les gens autour du feu commencèrent à retirer leurs pulls.

« Nous allons chanter ! » déclara Wicca. Elle répéta plusieurs fois une chanson simple, composée seulement de deux strophes ; bientôt ils chantaient tous avec elle. Peu savaient qu'il s'agissait d'un mantra, dans lequel l'important était le son des mots et non leur signification. C'était un son d'union avec les Dons, et ceux qui avaient la vision magique – comme le Magicien et d'autres Maîtres présents – pouvaient voir s'unir les fibres lumineuses de différentes personnes.

Lorens, fatigué de danser, alla prêter main-forte aux « musiciens » avec ses bonbonnes. D'autres s'éloignèrent du bûcher, soit parce qu'ils étaient aussi fatigués, soit parce que Wicca leur demandait de soutenir le rythme. Sans que personne – excepté les Initiés – ne se rendît compte de ce qui se passait, la fête commençait à pénétrer en territoire sacré. En peu de temps, ne restèrent autour du feu que les femmes de la Tradition de la Lune et les sorcières qui allaient être initiées.

Même les disciples masculins de Wicca avaient cessé de danser ; il y aurait un autre rituel, un autre jour, pour leur Initiation. En ce moment, ce qui tournait dans le plan astral directement au-dessus du bûcher, c'était l'énergie féminine, l'énergie de la transformation. Il en était ainsi depuis la nuit des temps.

Brida commença à avoir très chaud. Cela ne pouvait être le vin, car elle avait peu bu. C'étaient assurément les flammes du bûcher. Elle éprouva une immense envie de retirer son chemisier, mais elle avait honte – une honte qui perdait peu à peu son sens à mesure qu'elle chantait cette chanson simple, frappait des mains, et tournait autour du feu. Ses yeux étaient maintenant fixés sur la flamme, et le monde paraissait de moins en moins important – une sensation très semblable à celle qu'elle avait éprouvée quand les cartes du tarot s'étaient révélées pour la première fois.

« Je suis en train d'entrer en transe, pensait-elle. Et alors ? La fête est pleine d'entrain. »

« Quelle chanson étrange », se disait Lorens, tandis qu'il maintenait le rythme sur la bonbonne. Son oreille, entraînée à écouter son corps, percevait que les claquements de main et le son des mots vibraient exactement au centre de sa poitrine, comme quand il entendait les tambours les plus graves dans un concert de musique classique. Curieusement, les battements de son cœur semblaient également suivre le rythme.

À mesure que Wicca accélérait, son cœur aussi accélérait. Tous les autres devaient ressentir la même chose.

« Je reçois plus de sang dans le cerveau », expliquait sa pensée scientifique. Mais il participait à un rituel de sorcières et ce n'était pas le moment de penser à cela ; il pourrait en parler à Brida plus tard.

« Je suis dans une fête et je veux seulement m'amuser ! » dit-il à haute voix. Quelqu'un près de lui acquiesça, et les battements de Wicca accélérèrent un peu plus le rythme.

« Je suis libre. Je suis fière de mon corps, parce qu'il est la manifestation de Dieu dans le monde visible. » La chaleur du bûcher était insupportable. Le monde paraissait lointain, et elle ne voulait plus se soucier de choses superficielles. Elle était vivante, le sang coulait dans ses veines, elle était abandonnée à sa quête. Danser autour de ce bûcher, ce n'était pas nouveau pour elle, car ces battements de mains, cette musique, ce rythme réveillaient des souvenirs endormis, venus d'époques où elle était Maîtresse de la Sagesse du Temps. Elle n'était pas seule, parce que cette fête c'était des retrouvailles, des retrouvailles avec elle-même et avec la Tradition qu'elle avait portée dans de nombreuses vies. Elle éprouva un profond respect pour elle-même.

Elle était de nouveau dans un corps, et c'était un beau corps, qui avait lutté des millions d'années pour survivre dans un monde hostile. Il avait habité la mer, s'était traîné vers la terre, avait grimpé aux arbres, marché avec ses quatre membres, et maintenant il foulait, fièrement, la terre de ses deux pieds. Ce corps méritait le respect pour sa lutte durant tout ce temps. Il n'existait pas de beaux corps ou de corps laids, car tous avaient accompli le même parcours, tous constituaient la partie visible de l'âme qui les habitait.

Elle était fière, profondément fière de son corps.

Elle enleva son chemisier.

Elle ne portait pas de soutien-gorge, mais cela ne faisait aucune différence. Elle était fière de son corps et personne ne pouvait le lui reprocher ; même à soixante-dix ans, elle resterait fière de son corps, puisque c'était à travers lui que l'âme pouvait agir.

Les autres femmes autour du bûcher faisaient la même chose ; cela n'avait pas non plus d'importance.

Elle déboucla sa ceinture et se retrouva toute nue. Elle éprouva à ce moment-là une des plus complètes sensations de liberté de toute sa vie. Parce qu'elle faisait cela sans aucune raison. Elle le faisait parce que la nudité était la seule manière de montrer combien son âme était libre à ce moment-là. Peu importait qu'il y eût d'autres personnes présentes, habillées, en train de la regarder – tout ce qu'elle voulait, c'était que celles-ci ressentent pour leur corps ce qu'elle ressentait maintenant pour le sien. Elle pouvait danser librement et plus rien n'entravait ses mouvements. Chaque atome de son corps touchait l'air, et l'air était généreux, il apportait de très loin des secrets et des parfums, pour qu'ils la touchent de la tête aux pieds.

Les hommes et les invités qui frappaient sur les bonbonnes remarquèrent que les femmes autour du bûcher étaient nues. Ils applaudissaient, se donnaient les mains, et chantaient sur un ton doux, ou sur un ton frénétique. Personne ne savait qui dictait ce rythme – si c'étaient les grosses bouteilles, les battements de mains, ou la musique. Tous semblaient conscients de ce qui était en train de se passer, mais si quelqu'un s'était risqué à tenter de sortir du rythme à ce moment-là, il n'aurait pas réussi. Un des plus grands problèmes de la Maîtresse, à ce stade du rituel, c'était de ne pas laisser les gens comprendre qu'ils étaient en transe. Ils devaient avoir l'impression de se contrôler, même s'ils ne se contrôlaient pas. Wicca ne transgressait pas la seule Loi que la Tradition punissait avec une sévérité exceptionnelle : l'intervention dans la volonté des autres.

Parce que tous ceux qui se trouvaient là savaient qu'ils participaient à un sabbat de sorcières – et pour les sorcières, la vie est la communion avec l'Univers.

Plus tard, quand cette nuit ne serait plus qu'un souvenir, aucune de ces personnes ne commenterait ce qu'elle avait vu. Il n'y avait aucun interdit à ce sujet, mais celui qui était là sentait la présence d'une force puissante, une force mystérieuse et sacrée, intense et implacable, qu'aucun être humain n'oserait braver.

« Tournez ! » dit la seule femme habillée, d'un vêtement noir qui lui descendait jusqu'aux pieds. Toutes les autres, nues, dansaient, battaient des mains, et maintenant tournaient sur elles-mêmes.

Un homme posa près de Wicca une pile de robes. Trois seraient utilisées pour la première fois – deux de celles-ci présentant de grandes ressemblances de style. C'étaient des personnes qui avaient le même Don – le Don se matérialisait dans la manière de rêver le vêtement.

Elle n'avait plus besoin de frapper des mains, les gens continuaient d'agir comme si elle menait encore le rythme.

Elle s'agenouilla, mit les deux pouces sur son front et commença à travailler le Pouvoir.

Le Pouvoir de la Tradition de la Lune, la Sagesse du Temps, était là. C'était un pouvoir très dangereux, que les sorcières ne pouvaient invoquer que lorsqu'elles devenaient Maîtresses. Wicca savait comment le manier, mais elle demanda cependant protection à son Maître.

Dans ce pouvoir résidait la Sagesse du Temps. Là se trouvait le Serpent, prudent et dominateur. Seule la Vierge, en maintenant le serpent sous son talon, pouvait le soumettre. Alors, Wicca pria aussi la Vierge Marie, lui demandant la pureté de l'âme, la fermeté de la main et la protection de son manteau, pour faire descendre ce

Pouvoir jusqu'aux femmes qui se tenaient devant elle, sans que celui-ci ne séduise ou domine aucune d'elles.

Le visage tourné vers le ciel, la voix ferme et assurée, elle récita les paroles de l'apôtre Paul :

« Si quelqu'un détruit le temple de Dieu,
Dieu le détruira.
Car le temple de Dieu est saint, et ce temple
c'est vous.
Que personne ne s'abuse :
si quelqu'un parmi vous se croit sage
à la manière de ce monde,
qu'il devienne fou pour être sage ;
car la sagesse de ce monde est folie
devant Dieu.
Il est écrit en effet : "Il prend les sages
à leur propre ruse."
Ainsi, que personne ne fonde son orgueil
sur des hommes, car tout est à vous. »

De quelques mouvements de main, Wicca fit baisser le rythme des battements. Les bonbonnes résonnèrent plus lentement et les femmes se mirent à tourner de moins en moins vite. Wicca gardait le Pouvoir sous contrôle, et tout l'orchestre devait fonctionner, de la trompette la plus stridente au violon le plus doux. Pour cela, elle avait besoin de l'aide du Pouvoir – sans toutefois s'abandonner à lui.

Elle frappa dans ses mains et émit les sons nécessaires. Lentement, les gens cessèrent de jouer et de danser. Les sorcières s'approchèrent de Wicca et prirent leurs robes ; seules trois femmes restèrent nues. À ce moment, au bout d'une heure et vingt-huit minutes de bruit continu, l'état de conscience de tous les participants était altéré, sans qu'aucun d'eux, sauf les trois femmes dénudées, n'eût perdu la notion de l'endroit où il se trouvait et de ce qu'il faisait.

Les trois femmes nues, elles, étaient en transe. Wicca tendit en avant sa dague rituelle et dirigea vers elles toute l'énergie concentrée.

Leurs Dons se présenteraient dans quelques instants. C'était leur façon de servir le monde, arriver jusque-là après avoir parcouru de longs et tortueux chemins. Le monde les avait mises à l'épreuve de toutes les manières possibles ; elles étaient dignes de ce qu'elles avaient conquis. Dans la vie quotidienne, il leur resterait leurs faiblesses, leurs ressentiments, leurs petites bontés et leurs petites cruautés. Il leur resterait les peines et l'extase, comme à tous ceux qui font partie d'un monde encore en transformation. Mais au moment voulu, elles allaient apprendre que chaque être humain a en lui quelque chose de plus important que lui-même : son Don. Car dans les mains de chacun Dieu avait mis un Don – l'instrument dont Il usait pour se manifester au monde et venir en aide à l'humanité. Dieu avait choisi l'être humain pour faire de lui Son bras sur la Terre.

Certains comprenaient leur Don dans la Tradition du Soleil, d'autres dans la Tradition de la Lune. Mais tous finissaient par apprendre, même si pour y parvenir ils avaient besoin de quelques incarnations.

Wicca se tenait devant la grande pierre placée là par des prêtres celtes. Les sorcières, dans leurs vêtements noirs, formèrent un demi-cercle autour d'elle.

Elle regarda les trois femmes nues. Leurs yeux brillaient.

« Venez ici. »

Les femmes s'approchèrent jusqu'au centre du demi-cercle. Alors Wicca leur demanda de se coucher face contre terre, les bras écartés en forme de croix.

Le Magicien vit Brida se coucher sur le sol. Il tenta de se fixer seulement sur son aura, mais il était un homme, et un homme regarde le corps d'une femme.

Il ne voulait pas se souvenir. Il ne voulait pas savoir s'il souffrait ou non. Il avait conscience d'une seule chose, que la mission de son Autre Partie auprès de lui était accomplie.

« Dommage d'être resté si peu avec elle. » Mais il ne pouvait pas penser ainsi. Quelque part dans le Temps, ils avaient partagé le même corps, ils avaient souffert des mêmes douleurs, et été heureux des mêmes joies. Ils avaient été ensemble dans la même personne, marchant peut-être dans un bois semblable à celui-ci, regardant une nuit où les mêmes étoiles brillaient dans le ciel. Il rit de son Maître, qui lui avait fait passer tout ce temps dans la forêt, seulement pour qu'il puisse comprendre sa rencontre avec l'Autre Partie.

Ainsi était la Tradition du Soleil, obligeant chacun à apprendre ce dont il avait besoin, et pas seulement ce qu'il voulait. Son cœur d'homme allait pleurer très longtemps, mais son cœur de Magicien exultait de joie et remerciait la forêt.

Wicca regarda les trois femmes allongées à ses pieds, et rendit grâce à Dieu de pouvoir poursuivre le même travail pendant tant de vies ; la Tradition de la Lune était inépuisable. La clairière dans le bois avait été consacrée par des prêtres celtes à une époque oubliée, et de leurs rituels il restait peu de chose – par exemple la pierre qui se trouvait maintenant derrière elle. C'était une pierre immense, impossible à transporter pour des mains humaines, mais les Anciens savaient comment déplacer les pierres grâce à la magie. Ils avaient construit des pyramides, des observatoires célestes, des cités dans les montagnes de l'Amérique du Sud, en utilisant seulement les forces que connaissait la Tradition de la Lune. Ces connaissances n'étaient plus nécessaires à l'homme et elles avaient disparu dans le Temps, pour ne pas devenir destructrices. Pourtant, Wicca aurait aimé savoir, par pure curiosité, comment ils faisaient.

Quelques esprits celtes étaient présents, et elle les salua. C'étaient des Maîtres, qui ne se réincarnaient plus, et qui faisaient partie du gouvernement secret de la Terre ; sans eux, sans la force de leur sagesse, la planète serait déjà sans direction depuis très longtemps. Les maîtres celtes flottaient dans l'air, au-dessus des arbres qui se trouvaient à gauche de la clairière, leur corps astral enveloppé dans une intense lumière blanche. Depuis des siècles, ils venaient là à tous les équinoxes, pour savoir si la Tradition était conservée. Oui, disait Wicca avec un certain orgueil, les équinoxes étaient encore célébrés, après que toute la culture celte eut disparu de l'Histoire officielle du monde. Parce que personne ne peut faire disparaître la Tradition de la Lune, sauf la main de Dieu.

Elle fixa son attention sur les prêtres quelque temps. Que pouvaient-ils bien penser des hommes d'aujourd'hui ? Avaient-ils la nostalgie de l'époque où ils fréquentaient cet endroit, quand le contact avec Dieu paraissait plus simple et plus direct ? Wicca pensait que non, et son instinct le confirmait. C'étaient les sentiments des hommes qui construisaient le jardin de Dieu, et pour cela il était nécessaire qu'ils vivent beaucoup, à de nombreuses époques, dans de nombreuses coutumes différentes. Comme tout le reste de l'Univers, l'homme suivait lui aussi le chemin de son évolution, et chaque jour il était meilleur que le jour précédent ; même s'il oubliait les leçons de la veille, même s'il ne mettait pas à profit ce qu'il avait appris, même s'il se plaignait en disant que la vie était injuste.

Parce que le royaume des cieux ressemble à une semence qu'un homme plante dans un champ ; qu'il dorme ou soit éveillé, le jour et la nuit, la semence pousse sans qu'il sache comment. Ces leçons étaient gravées dans l'Âme du Monde et profitaient à toute l'humanité.

L'important, c'était qu'il continuât d'exister des gens comme ceux qui se trouvaient là cette nuit, des gens qui n'avaient pas peur de la Nuit Obscure de l'Âme, comme disait le sage saint Jean de la Croix. Chaque pas, chaque acte de foi, rachetait de nouveau toute l'humanité. Tant que des gens sauraient que toute la sagesse de l'homme était folie devant Dieu, le monde poursuivrait son chemin de lumière.

Elle se sentit fière de ses disciples, hommes et femmes, capables de sacrifier le confort d'un monde qui avait déjà une explication au défi de découvrir un monde nouveau.

Elle regarda de nouveau les trois femmes nues, allongées sur le sol les bras écartés, et tenta de les revêtir de la couleur de l'aura qui émanait d'elles. Elles voyageaient maintenant dans le Temps, et elles rencontraient un grand nombre d'Autres Parties perdues. Ces trois femmes allaient se livrer, à partir de cette nuit, à la mission qui les attendait depuis leur naissance. L'une d'elles devait avoir plus de soixante ans ; l'âge n'avait pas la moindre importance. Ce qui comptait, c'est qu'elles étaient enfin face au destin qui patiemment les attendait et, à partir de cette nuit, elles allaient utiliser leurs Dons pour empêcher que des plantes importantes du jardin de Dieu ne soient détruites. Chacune de ces personnes était arrivée là pour des motifs différents – une désillusion amoureuse, la fatigue de la routine, la quête du Pouvoir. Elles avaient affronté la peur, la paresse et les nombreuses déceptions que connaissent ceux qui suivent le chemin de la magie. Mais le fait est qu'elles étaient arrivées exactement là où elles devaient arriver, car la main de Dieu guide toujours celui qui suit son chemin en y croyant.

« La Tradition de la Lune est fascinante, avec ses Maîtres et ses rituels. Mais il existe une autre Tradition », pensa le Magicien, les yeux fixés sur Brida, et un peu jaloux de Wicca – qui allait rester près d'elle très longtemps. Beaucoup plus difficile, parce qu'elle était plus simple et que les choses simples paraissent toujours trop compliquées. Ses Maîtres faisaient partie du monde, et ils ne savaient pas toujours la grandeur de ce qu'ils enseignaient – ils enseignaient sous l'effet d'une impulsion qui en général paraissait absurde. Ils étaient charpentiers, poètes, mathématiciens, des gens de toutes professions et coutumes, qui habitaient partout sur la planète. Des gens qui à un certain instant avaient éprouvé le besoin de parler à quelqu'un, d'expliquer un sentiment qu'ils ne comprenaient pas bien, mais qu'il était impossible de garder pour soi – et c'était la manière que la Tradition du Soleil utilisait pour que sa sagesse ne se perde pas. L'élan de la Création.

Où que l'homme posât les pieds, il y avait toujours une trace de la Tradition du Soleil. Tantôt une sculpture, tantôt une table, tantôt les fragments d'un poème transmis de génération en génération par un peuple donné. Les personnes à travers qui s'exprimait la Tradition du Soleil étaient semblables à toutes les autres qui, un certain matin, ou un certain après-midi, avaient regardé le monde et reconnu une présence supérieure. Ils avaient plongé sans le vouloir dans une mer inconnue, et le plus souvent refusaient d'y retourner. Tous les vivants possédaient, au moins une fois dans chaque incarnation, le secret de l'Univers.

Ils s'enfonçaient sans le vouloir dans la Nuit Obscure. Malheureusement, ils manquaient presque toujours de confiance en eux et refusaient d'y retourner. Et le Sacré-Cœur, qui nourrissait le monde de son amour, de sa paix, et du don total de lui-même, était de nouveau entouré d'épines.

Wicca était reconnaissante d'être une Maîtresse de la Tradition de la Lune. Toutes les personnes qui venaient jusqu'à elle voulaient apprendre, alors que, dans la Tradition du Soleil, la plupart voulaient toujours fuir ce que la vie leur enseignait.

« Cela n'a plus d'importance », pensa Wicca. Parce que le temps des miracles était de retour, et que personne ne pouvait rester étranger aux changements que le monde allait connaître par la suite. Dans quelques années, la puissance de la Tradition du Soleil se manifesterait dans toute sa lumière. Tous ceux qui ne suivraient pas son chemin commenceraient à se sentir insatisfaits d'eux-mêmes, et ils seraient forcés de choisir.

Ou bien accepter une existence entourée de désillusion et de douleur, ou bien comprendre que tout le monde est né pour être heureux. Une fois le choix fait, il n'y aurait plus moyen de changer ; et le grand combat serait mené.

D'un mouvement parfait de la main, Wicca traça un cercle dans l'air à l'aide de sa dague. À l'intérieur du cercle invisible, elle dessina l'étoile à cinq branches que les sorciers appelaient pentagramme. Le pentagramme était le symbole des éléments qui agissaient dans l'homme – et par son intermédiaire, les femmes couchées par terre allaient maintenant entrer en contact avec le monde de la lumière.

« Fermez les yeux », dit Wicca.

Les trois femmes obéirent.

Wicca fit les gestes rituels avec la dague, sur la tête de chacune.

« Maintenant, ouvrez les yeux de vos âmes. »

Brida les ouvrit. Elle était dans un désert, et l'endroit lui semblait très familier.

Elle se souvint qu'elle était déjà venue là auparavant. Avec le Magicien.

Elle le chercha des yeux, mais ne le trouva pas. Pourtant, elle n'avait pas peur ; elle était tranquille et heureuse. Elle savait qui elle était, dans quelle ville elle habitait, elle savait qu'ailleurs dans le temps avait lieu une fête. Mais rien de tout cela n'avait d'importance, parce que ce paysage était plus beau : le sable, les montagnes au fond, et une énorme pierre devant elle.

« Bienvenue », dit une Voix.

Près d'elle se trouvait un homme, dont les vêtements ressemblaient à ceux que portaient ses grands-pères.

« Je suis le Maître de Wicca. Quand tu deviendras une Maîtresse, tes disciples viendront ici rencontrer Wicca. Et ainsi jusqu'à ce que l'Âme du Monde parvienne à se manifester.

— Je suis dans un rituel de sorcières, dit Brida. Dans un sabbat. »

Le Maître rit.

« Tu as affronté ton chemin. Peu de gens en ont le courage. Ils préfèrent suivre un chemin qui n'est pas le leur.

270

« Tous possèdent leur Don, et ils ne veulent pas le voir. Toi, tu l'as accepté, ta rencontre avec le Don est ta rencontre avec le Monde.

— Pourquoi cela m'est-il nécessaire ?

— Pour construire le jardin de Dieu.

— J'ai une vie devant moi, dit Brida. Je veux la vivre comme tout le monde. Je veux pouvoir me tromper. Je veux pouvoir être égoïste. Avoir des défauts, me comprenez-vous ? »

Le Maître sourit. Dans sa main droite apparut un manteau bleu.

« C'est la seule manière d'être près des personnes tout en restant soi-même. »

Le décor autour d'elle changea. Elle n'était plus dans un désert, mais dans une espèce de liquide, où nageaient diverses choses étranges.

« C'est cela la vie, dit le Maître. Se tromper. Les cellules se sont reproduites exactement semblables pendant des millions d'années, et puis l'une d'elles a commis une erreur. Alors, quelque chose pouvait changer dans cette répétition interminable. »

Brida, éblouie, regardait la mer. Elle ne se demandait pas comment elle pouvait respirer là-dedans. Tout ce qu'elle parvenait à entendre c'était la voix du Maître, tout ce qu'elle parvenait à se rappeler, c'était un voyage très semblable, qui avait commencé dans un champ de blé.

« C'est l'erreur qui a mis le monde en marche, dit le Maître. N'aie jamais peur de te tromper.

— Mais Adam et Ève ont été chassés du Paradis.

— Et ils y retourneront un jour. En connaissant le miracle des cieux et des mondes. Dieu savait ce qu'il faisait quand il a attiré leur attention sur l'arbre du Bien et du Mal. S'il n'avait pas voulu que tous les deux y mordent, il n'aurait rien dit.

— Alors, pourquoi en a-t-il parlé ?

— Pour mettre l'Univers en mouvement. »

Le décor revint au désert et à la pierre. C'était le matin, et une lumière rose commençait à inonder l'horizon. Le Maître s'approcha d'elle avec le manteau.

« Je te consacre en cet instant. Ton Don est l'instrument de Dieu. Deviens un bon outil. »

Wicca souleva des deux mains la robe de la plus jeune des trois femmes. Elle fit une offrande symbolique aux prêtres celtes qui assistaient à toute la scène, leur corps astral flottant au-dessus des arbres. Puis elle se tourna vers la jeune fille.

« Lève-toi », dit-elle.

Brida se leva. Sur son corps nu dansaient les ombres du bûcher. Un jour, un autre corps avait été consumé par ces mêmes flammes. Mais ce temps était révolu.

« Lève les bras. »

La jeune fille leva les bras. Wicca la vêtit.

« J'étais nue, dit-elle au Maître, dès qu'il eut fini de lui mettre le manteau bleu. Et je n'avais pas honte.

— Sans la honte, Dieu n'aurait pas découvert qu'Adam et Ève avaient mangé la pomme. »

Le Maître regardait le lever du soleil. Il semblait distrait, mais il ne l'était pas. Brida le savait.

« N'aie jamais honte, continua-t-il. Accepte ce que la vie t'offre, essaie de boire aux coupes qui sont devant toi. Tous les vins doivent être bus – certains, une seule goutte ; d'autres, la bouteille entière.

— Comment puis-je les reconnaître ?

— À leur goût. Seul connaît le bon vin celui qui a goûté le vin amer. »

Wicca fit pivoter Brida et la plaça face au bûcher, tandis qu'elle passait à l'Initiée suivante. Le feu captait l'énergie de son Don, pour qu'il puisse se manifester définitivement en elle. À ce moment-là, Brida devait assister au lever d'un soleil. Un soleil qui allait illuminer le restant de sa vie.

« Maintenant tu dois partir, dit le Maître, à peine le soleil levé.

— Je n'ai pas peur de mon Don, répondit Brida. Je sais où je vais, je sais ce que j'ai à faire. Je sais que quelqu'un m'a aidée.

« Je suis déjà venue ici auparavant. Il y avait des personnes qui dansaient, et un temple secret de la Tradition de la Lune. »

Le Maître ne dit rien. Il se tourna vers elle et fit un signe de la main droite.

« Tu as été acceptée. Que ton chemin soit de Paix dans les moments de Paix, et de Combat dans les moments de Combat. Ne confonds jamais un moment avec l'autre. »

La silhouette du Maître commença à se dissoudre, en même temps que le désert et la pierre. Seul resta le soleil, mais le soleil se mêla bientôt au ciel lui-même. Peu à peu, le ciel s'obscurcit, et le soleil ressemblait beaucoup aux flammes d'un bûcher.

Elle était de retour. Elle se souvenait de tout : les bruits, les battements de mains, la danse, la transe. Elle se souvenait d'avoir retiré ses vêtements devant tous ces gens, et maintenant elle ressentait une certaine gêne. Mais elle se souvenait aussi de sa rencontre avec le Maître. Elle s'efforça de dominer la honte, la peur, et l'anxiété ; elles l'accompagneraient toujours, et elle devait s'y accoutumer.

Wicca demanda aux trois Initiées de rester bien au centre du demi-cercle formé par les femmes. Les sorcières se donnèrent la main et fermèrent la ronde.

Elles chantèrent des chansons que plus personne n'osa accompagner ; le son coulait de lèvres presque fermées, créant une vibration étrange qui devenait de plus en plus aiguë, au point de ressembler au cri d'un oiseau fou. Plus tard, elle aussi saurait émettre ces sons. Elle apprendrait beaucoup d'autres choses, jusqu'à ce qu'elle devienne aussi une Maîtresse. Alors, d'autres femmes et d'autres hommes seraient initiés par elle dans la Tradition de la Lune.

Mais tout cela viendrait à son heure. Elle avait tout le temps du monde, maintenant qu'elle avait retrouvé son destin, elle avait quelqu'un pour l'aider. L'Éternité lui appartenait.

Toutes les personnes apparaissaient entourées de couleurs étranges, et Brida fut un peu désorientée. Elle aimait bien le monde comme il était avant.

Les sorcières cessèrent de chanter.

« L'Initiation de la Lune est accomplie, dit Wicca. Le monde est un champ à présent, et vous veillerez à ce que la récolte soit fertile.

— J'ai une sensation bizarre, dit l'une des Initiées. Je ne vois pas très bien.

— Vous voyez le champ d'énergie qui entoure les personnes, l'aura, comme nous l'appelons. C'est la première étape sur le chemin des Grands Mystères. Cette sensation passera bientôt, et plus tard je vous apprendrai comment la réveiller. »

D'un geste rapide et agile, elle jeta à terre sa dague rituelle. Celle-ci s'enfonça dans le sol, la poignée se balançant encore sous l'effet de l'impact.

« La cérémonie est terminée », déclara-t-elle.

Brida se dirigea vers Lorens. Ses yeux étince-
laient, et elle savait toute sa fierté et tout son
amour. Ils pouvaient grandir ensemble, inventer
ensemble une nouvelle façon de vivre, découvrir
tout un Univers qui s'offrait à eux, attendant des
gens qui auraient un peu de courage.

Mais il y avait un autre homme. Pendant
qu'elle parlait avec le Maître, elle avait fait son
choix. Parce que cet autre homme saurait lui
tenir la main dans les moments difficiles, et la
conduire avec son expérience et son amour à travers la Nuit Obscure de la foi. Elle apprendrait
à l'aimer, et son amour serait aussi grand que
son respect pour lui. Ils marchaient tous les deux
sur la même route de la connaissance, c'était
grâce à lui qu'elle était arrivée jusque-là. Avec
lui, elle finirait par apprendre, un jour, la Tradition du Soleil.

Maintenant elle savait qu'elle était une sorcière. Elle avait appris durant des siècles l'art de
la sorcellerie, et elle était revenue à sa place. À
partir de cette nuit, la sagesse était ce qui comptait le plus dans sa vie.

« Nous pouvons partir », dit-elle à Lorens, dès
qu'elle l'eut rejoint. Il regardait avec admiration

la femme vêtue de noir qui se trouvait devant lui ; mais Brida savait que le Magicien la voyait vêtue de bleu.

Il lui tendit le sac contenant ses autres vêtements.

« Va voir si tu trouves une voiture pour nous raccompagner. Je dois parler à quelqu'un. »

Lorens prit le sac. Mais il ne fit que quelques pas en direction du chemin qui traversait la forêt. Le rituel avait pris fin et ils étaient de nouveau dans le monde des hommes, avec ses amours, ses jalousies et ses guerres de conquête.

La peur aussi était revenue. Brida était bizarre.

« Je ne sais pas si Dieu existe, dit-il aux arbres qui l'entouraient. Et je ne peux pas y penser maintenant, parce que moi aussi j'affronte le mystère. »

Il sentit qu'il parlait d'une manière différente, avec une étrange assurance, que jamais il n'avait pensé posséder. Mais en cet instant, il eut la conviction que les arbres l'écoutaient.

« Peut-être que ces gens ne me comprennent pas, peut-être qu'ils méprisent mes efforts, mais je sais que j'ai autant de courage qu'eux, parce que je cherche Dieu sans croire en lui. S'il existe, il est le Dieu des Vaillants. »

Lorens constata que ses mains tremblaient un peu. La nuit avait passé sans qu'il n'ait rien compris. Il sentait qu'il était entré dans une transe, et c'était tout. Mais le tremblement de ses mains n'était pas dû à cette plongée dans la Nuit Obscure, à laquelle Brida faisait souvent allusion.

Il regarda le ciel, encore couvert de nuages bas. Dieu était le Dieu des Vaillants. Et il saurait le comprendre, parce que les hommes courageux sont ceux qui prennent des décisions quand ils ont peur. Qui sont tourmentés par le démon à chaque étape du chemin, qui s'angoissent pour tout ce qu'ils font, se demandant s'ils ont raison ou tort.

Et pourtant, ils agissent. Ils agissent parce qu'ils croient eux aussi aux miracles, comme les sorcières qui dansaient, cette nuit, autour du bûcher.

Dieu tentait peut-être de revenir vers lui, à travers cette femme, qui maintenant s'éloignait vers un autre homme. Si elle s'en allait, peut-être que Lui s'éloignerait à tout jamais. Elle était sa chance, parce qu'elle savait que la meilleure manière de se livrer entièrement à Dieu était l'amour. Il ne voulait pas perdre la chance de le retrouver.

Il respira profondément, sentant l'air pur et froid de la forêt, et il se fit à lui-même une promesse sacrée.

Dieu était le Dieu des Vaillants.

Brida marcha vers le Magicien. Ils se retrouvèrent tous les deux près du bûcher. Les mots étaient difficiles.

Ce fut elle qui brisa le silence.

« Nous sommes sur le même chemin. »

Il acquiesça de la tête.

« Alors suivons-le ensemble.

— Mais tu ne m'aimes pas, dit le Magicien.

— Si, je t'aime. Je ne connais pas encore mon amour pour toi, mais je t'aime. Tu es mon Autre Partie. »

Mais le regard du Magicien était distant. Il se souvenait de la Tradition du Soleil, et une des leçons les plus importantes de la Tradition du Soleil était l'amour. L'amour était le seul pont entre l'invisible et le visible que toutes les personnes connaissaient. Il était le seul langage efficace pour traduire les leçons que l'Univers chaque jour enseignait aux êtres humains.

« Je ne pars pas, dit-elle. Je reste avec toi.

— Ton petit ami t'attend, répondit le Magicien. Je bénirai votre amour. »

Brida le regarda sans comprendre.

« Personne ne peut posséder un lever de soleil comme celui que nous avons vu un après-midi, continua-t-il. De même que personne ne peut posséder un après-midi où la pluie frappe sur les vitres, ou la sérénité qu'un enfant endormi répand autour de lui, ou le moment magique où les vagues se brisent sur les rochers. Personne ne peut posséder ce qui existe de plus beau sur la Terre, mais nous pouvons connaître et aimer. À travers ces moments, Dieu se montre aux hommes.

« Nous ne sommes pas maîtres du soleil, ni de l'après-midi, ni des vagues, ni même de la vision de Dieu, parce que nous ne pouvons pas nous posséder nous-mêmes. »

Le Magicien tendit la main vers Brida, et il lui offrit une fleur.

« Quand nous nous sommes connus – et il semble que je t'ai toujours connue, car je ne parviens pas à me rappeler comment était le monde avant – je t'ai montré la Nuit Obscure. Je voulais voir comment tu affronterais tes propres limites. Je savais déjà que j'étais en présence de mon Autre Partie, et que cette Autre Partie allait m'enseigner tout ce qu'il me fallait apprendre.

C'est pour cela que Dieu a séparé l'homme et la femme. »

Brida toucha la fleur. C'était la première fleur qu'elle voyait depuis des mois. Le printemps était arrivé.

« On offre des fleurs parce que dans les fleurs se trouve le véritable sens de l'Amour. Celui qui tente de posséder une fleur verra sa beauté se flétrir. Mais celui qui regarde simplement une fleur dans un champ la gardera pour toujours. Parce qu'elle va avec l'après-midi, le coucher du soleil, l'odeur de terre mouillée et les nuages sur l'horizon. »

Brida regardait la fleur. Le Magicien la reprit et la rendit à la forêt.

Les yeux de Brida s'emplirent de larmes. Elle était fière de son Autre Partie.

« La forêt m'a appris ceci : tu ne seras jamais mienne, et c'est pour cela que je t'aurai pour toujours. Tu as été l'espoir de mes jours de solitude, l'angoisse de mes moments de doute, la certitude de mes instants de foi.

« Parce que je savais que mon Autre Partie allait venir un jour, je me suis employé à apprendre la Tradition du Soleil. C'est seulement parce que j'avais la certitude de ton existence que j'ai continué d'exister. »

Brida ne parvenait pas à retenir ses larmes.

« Alors tu es venue et j'ai compris tout cela. Tu es venue pour me libérer de l'esclavage que je m'étais inventé, pour me dire que j'étais libre – que je pouvais retourner au monde et aux choses du monde. J'ai compris tout ce qu'il me fallait savoir, et je t'aime plus que toutes les femmes que j'ai connues dans ma vie, plus que je n'ai aimé la femme qui m'a envoyé, sans le vouloir, dans la forêt. Je me souviendrai toujours que l'amour est la liberté. C'est la leçon que j'ai mis tant d'années à apprendre.

« C'est la leçon qui m'a exilé, et qui maintenant me libère. »

Les flammes crépitaient dans le bûcher, et quelques invités retardataires commençaient à se séparer. Mais Brida n'écoutait pas ce qui se passait.

« Brida ! »

Elle entendit une voix au loin.

« Il te regarde, petite », dit le Magicien. C'était la réplique d'un vieux film qu'il avait vu. Il était joyeux, parce qu'il avait tourné encore une page importante de la Tradition du Soleil. Il sentit la présence de son Maître ; lui aussi avait choisi cette nuit pour sa nouvelle Initiation.

« Toute ma vie je me souviendrai de toi, et tu te souviendras de moi. Comme nous nous souviendrons de la tombée du jour, des fenêtres et de la pluie, des choses que nous aurons toujours parce que nous ne pouvons pas les posséder.

— Brida ! appela de nouveau Lorens.

— Va en paix, dit le Magicien. Et sèche ces larmes. Ou dis qu'elles sont causées par les cendres du bûcher.

« Ne m'oublie jamais. »

Il savait que le dire n'était pas nécessaire. Mais il le lui dit.

Wicca constata que trois personnes avaient oublié leurs bonbonnes vides. Elle devait leur téléphoner, et leur demander de venir les chercher.

« Le feu va bientôt s'éteindre », dit-elle.

Il resta silencieux. Il y avait encore des flammes dans le bûcher, et il avait les yeux fixés sur elles.

« Je ne regrette pas d'avoir été amoureuse de toi un jour, continua Wicca.

— Moi non plus », répondit le Magicien.

Elle éprouvait une immense envie de parler de la jeune fille. Mais elle resta muette. Les yeux de l'homme qui se trouvait près d'elle inspiraient respect et sagesse.

« Dommage que je ne sois pas ton Autre Partie, insista-t-elle. Nous aurions fait un grand couple. »

Mais le Magicien n'écoutait pas ce que disait Wicca. Il y avait un monde immense devant lui, et beaucoup de choses à faire. Il fallait aider à construire le jardin de Dieu, il fallait apprendre aux gens à être leurs propres professeurs. Il allait rencontrer d'autres femmes, tomber amoureux, et vivre intensément cette incarnation. Cette nuit-là s'achevait une étape de son existence, et une nouvelle Nuit Obscure s'étendait devant lui. Mais ce serait une phase plus agréable, plus joyeuse, et plus proche de tout ce dont il avait rêvé. Il le savait à cause des fleurs, des forêts, des jeunes filles qui arrivent un jour dirigées par la main de Dieu, sans savoir qu'elles sont là pour permettre que s'accomplisse le destin. Il le savait grâce à la Tradition de la Lune et à la Tradition du Soleil.

9698

Composition
NORD COMPO

Achevé d'imprimer en Espagne
par BLACK PRINT CPI IBERICA
le 5 septembre 2011.

Dépôt légal septembre 2011.
EAN 9782290032053

ÉDITIONS J'AI LU
87, quai Panhard-et-Levassor, 75013 Paris

Diffusion France et étranger : Flammarion